[著者]
ヒツキノドカ Hitsuki Nodoka
[イラスト]
カラスBTK Karasubtk
厨二魔導士の無双が止まらないようです 2

主な登場人物
シア（竜の姿）
シア
魔獣特区クリード諸島に棲む、人に変化できるドラゴン幼女。好奇心旺盛な性格。
ウィズ
魔導士の最高峰〈賢者〉を目指す、天才魔導士。重度の厨二病。魔族討伐の功績によって四級魔導士に昇格した。

コーエン
レガリア魔導学院の
教師。ウィズに対して
友好的……？
エンジュ
大魔導士の一人である
〔剣聖〕の一番弟子。
無類の猫好き。
ソフィ
ウィズが担当する
クラスの生徒。
常に無表情。
アガサ
ソフィの友達。
クラスで落ちこぼれ
気味。

プロローグ

帝都ファルシオンの一角には、重厚《じゅうこう》な雰囲気《ふんいき》の広大な邸宅《ていたく》が存在する。

貴族の屋敷の中でも大きな敷地を誇《ほこ》るが、やや装飾《そうしょく》には事欠ける。

どことなく邸宅の主が武人気質であることを感じさせる外観である。

その内部で、凄《すさ》まじい雷鳴が轟《とどろ》いた。

「ぬうん！」

一度では収まらず、二度三度と雷撃は放たれ続ける。雷撃は目にもとまらぬ速さで空を駆《か》け、岩でできた巨大な的をそれぞれ砕《くだ》いた。まるで天災のような光景である。

その中心にいるのは一人の男性。外見年齢は四十代ほどだが、よく鍛《きた》えられた肉体に衰《おとろ》えはまったく見られない。

すると、ぱちぱちぱち、と気の抜けたような拍手が響《ひび》いた。

「やー……いつ見てもすごいですね、クロムさん……さすがは〔雷帝《らいてい》〕の異名を取るだけのことはあります……」

雷撃を放ち続けていた男性——大魔導士のクロムは音のしたほうを見た。

「……なぜここにいるのであるか、〈死神《しにがみ》〉」

「そんなに邪険にしなくていいじゃないですかー……数少ない同僚なんですから……あはは……」

間延びしたけだるそうな話し方をする男性の名前は、ヨル・クィス・シルヴェード。辺境伯《へんきょうはく》
元は美形と呼んでいい顔立ちだったのだろうが、目の下にはくまができ、頬は少しこけている。

全体的に不健康そうな見た目の人物だった。

ちなみにこの国に四人しかいない大魔導士であるクロムにとって、ヨルは数少ない同格の相手の一人だ。

「それに……どうせ後で同じ場所に行くんですから……声をかけに来るくらい、普通でしょう？」

クロムはヨルに呆れた視線を向けた。

「前々から思っていたが、貴様はもう少し覇気《はき》のある喋《しゃべ》り方はできんのか？　気が抜けて仕方ないぞ」

「あははー……気合い、入ってますよ……これでも……」

そう言ってヨルはにっこりと笑う。

ただしそれはあくまで本人の認識であって、クロムには死相を浮かべた人間がニタァァッ……と

笑っているように見えてしまうのだが。

クロムはため息を吐いた。

「とにかく鍛錬《たんれん》の邪魔《じゃま》である。とっとと出ていけ」

「カリカリしてますねえ……理由を当ててあげましょうか……？」

「くだらんお喋りに付き合うつもりは——」

「ウィズ・オーリア」

ヨルの口から出た名前に、ぴたりとクロムの動きが止まる。

わかりやすく不機嫌になるクロムに構わずヨルは続けた。

「この国唯一の平民魔導士で……魔導学院を追放された身でありながら……彼は短期間で次々と功績を挙げました……指名手配されていた〔黒食み《くろはみ》〕の捕縛《ほばく》……エイゲート家の令嬢に無詠唱の回復魔術を教え……おまけに〔剣聖《けんせい》〕門下の一級魔導士を差し置いて魔族の単独撃破……あははー、ちょっと信じられないですよねえ……」

「……」

「平民魔導士である彼は……多くの貴族——他の魔導士にとっては、蔑《さげす》みの対象です……なのに、圧倒的な功績によって……五級……さらにこの前の臨時魔導会議で……四級に上がりました……貴族至上主義のクロムさんからしたら……面白くないでしょう……？」

「……」

バチィッ！

ヨルの真横で火花が爆《は》ぜた。

クロムが苛立ち紛れに雷撃を放ったのだ。

ヨルは真横に凄まじい電撃を撃たれたにもかかわらず、表情一つ変えずに言った。

「図星じゃないですかー……」

「黙らんと次は貴様を黒焦げにするぞ」

「ええー……」

ヨルが不服そうな反応をすると、クロムは吐き捨てるように言った。

「……どれだけ功績を挙げようと平民は平民である。貴族としての教育を受けたわけでもない者に力を持たせれば、ろくな結果を招かんのは間違いない。なぜ〈賢者《けんじゃ》〉様はあのような下賤《げせん》の者を取り立てるのか、まるで理解できん」

「まあ……言いたいことは……わかりますけどねえ……」

クロムの言葉を、同じ貴族であるヨルは否定しなかった。

ヨルにとって、いや、ほとんどの貴族にとって、ウィズ・オーリアの出世は愉快《ゆかい》なことではない。

魔術とは貴族が扱う尊《とうと》い技術。それを平民に我が物顔で使われるのは、綺麗《きれい》な宝石を泥のついた手でべたべたと触られるのに等しい。

しかし、彼らが今さらどれだけ話したところで結果は変わらない。

ヨルは気を取り直すように、懐《ふところ》から小瓶《こびん》を取り出しつつこんなことを言った。

「とりあえず……ストレスは……よくありません……そこでクロムさんにお土産です……」

「貴様からの土産と聞くとどうも嫌な予感しかしないのであるが」

「こっちがライゼル領から取り寄せたストレス緩和のハーブで……ああ、他にも海藻由来のものや高地にしか咲かないギルカの花から抽出したアロマも……」

手品師のように続々と小瓶を取り出すヨルに、クロムは呆れたような顔をする。

「どれもいらん。……というか前々から思っていたのだが、どうして貴様は〔死神〕などと呼ばれているくせにそうも健康志向なのだ」

「まあ……僕って長生き確定なので……ほら、生き続けるなら健康なほうがいいじゃないですか……」

うふふふふー、と不気味に笑うヨル。

魔素干渉力が高い人間は、後天的に特異体質を獲得《かくとく》することがある。この男が得た体質のことを考えると、確かに本人の言う通り〝長生き確定〟なのだが、付き合わされるほうはたまったものではない。

「個人の趣味なら好きにするがいい。だが儂《わし》までそんな胡散臭《うさんくさ》い健康法に巻き込むな」

「今ならなんと……全品半額です……さらに気に入らなければ返金保証も……」

「いらん譲歩《じょうほ》を提示するな。余計に胡散臭さが増しているぞ」

「ちぇー……」

クロムが拒否すると、ヨルは不満そうに小瓶を懐に戻した。

「まあ……アロマはおいといて……そろそろ出発したほうがいいのでは……？　時間もありませんし……」

懐中時計を確認すると、ヨルの言う通り次の予定の時間が迫っている。

「……変人に付き合ったせいで鍛錬の時間を失ったのである」

「あははー……クロムさんにだけは……言われたくなかったり……」

そんなことを言い合いつつ、クロムとヨルは目的地へ向かうのだった。


クロムたちが向かったのは、帝都内にある魔導士協会の本部だ。

複数の会議場を含《ふく》むそこは、日頃から多くの魔導士が出入りする。

その敷地内を移動し、二人はある一室の前までやってきた。

クロムは背筋を伸ばして部屋の扉をノックし、返事を待ってから扉を押し開けた。

「失礼します」

「やあ、早かったね。クロム、ヨル」

そこにいたのは二十代後半くらいに見える、整った顔立ちの銀髪の男性。

〈賢者〉だ。

入室した二人は揃《そろ》って頭を下げ、クロムが代表して言う。

「クロム・ユーク・グラナート、ヨル・クィス・シルヴェード、ただいま参上いたしました。……それで、一体どのような用件なのです？　〝大魔導士のみで話し合いたいこと〟とは」

クロムとヨルの用事とは、〈賢者〉からの呼び出しだった。

立場上、大魔導士と〈賢者〉だけで話し合うことは少なくない。

しかしクロムは今回、普段よりも深刻な空気を感じ取っていた。

クロムの言葉に〈賢者〉は頷《うなず》きを返す。

「あまり大っぴらに言ってしまうと混乱が起こりかねないからね。まずは君たちと共有しておこうと思って」

「混乱？　一体なんのことですか？」

〈賢者〉は一呼吸おいて、静かに言った。

「魔族の封印のうち、三つが破られた」

「……ッ！　三つも⁉」

「ああ。しかも三つというのはジルダの封印を除いてだ。ジルダの襲撃《しゅうげき》事件以降、僕は部下に頼んで他の魔族の封印を確認してもらっていたんだけど……魔族三体ぶんの封印が破壊され、核石がなくなっていた」

魔族。

それは百年前にこの国に同時出現した七体の〝知恵ある魔獣〟のことを指す。

当時の魔導士たちは魔族と熾烈な戦いを繰り広げ、魔族たちの封印に成功している。

核石というのは魔族の心臓部だ。

核石を聖属性の魔術で封印しておかない限り、魔族は周囲から魔素を吸い上げて復活してしまう。

だからこそ七体の魔族は別々の場所で厳重に封じられていたのだが、どうやらそれが何者かによって奪《うば》い去られたようだ。

「すぐに捜索を始めます！　魔族が三体も復活すれば大変なことに――」

「そうしたいのは山々なんだけどね。こんな話、馬鹿正直に公開したらパニックになりかねないだろう？」

「……それはそうですが」

「そのあたりを踏まえて話し合おうと思って君たちを呼んだんだ。大魔導士の君たちなら口も堅いし、頼りになるしね」

飄々《ひょうひょう》と笑う〈賢者〉に勧《すす》められ、クロムとヨルは椅子に座る。

ふとヨルがこんなことを尋《たず》ねた。

「そういえば……他の二人には、声をかけなかったんですか……？」

「〈剣聖《ガルド》〉と〈聖女《ユグドラ》〉かい？　いちおう声はかけたんだけど……ガルドは外出が難しいし、ユグドラにはあっさり断られちゃったよ」

「二人とも相変わらずですねぇ……」

「……」

〈賢者〉とヨルがそんなやり取りをする横で、クロムはこう思わずにはいられなかった。

（〈剣聖〉は仕方ないとして……なぜ貴様はここにいない、ユグドラ。今こそ大魔導士の責任を果たすべき時だろう。この事態を前にして、貴様はどこで何をしているのであるか……！）

第一章　使い魔契約

帝都で魔導士協会のトップたちが深刻な会話を繰り広げていた頃、とある山奥ではこのようなやり取りが行《おこな》われていた。

「あー……やはりウィズに頭を洗ってもらうのは格別じゃなあ……」

「別に俺は何も変わったことはしていませんよ師匠……って、ちゃんと座ってください！　椅子からずり落ちたらどうするんですか」

「仕方なかろう、気持ちいいんじゃから。ほれ、妾《わらわ》が転ばんように背中を支えてくれ。抱き締める感じだとなおよい」

「は、裸でそれをやるのはさすがに……」

大魔導士の一人、〔聖女《せいじょ》〕ユグドラは広々とした風呂でこのうえなくリラックスしていた。

愛する弟子に髪を洗ってもらうというオプション付きで。

◇◇◇

「極楽じゃあ……」

「……ご満足いただけたなら何よりです」

ユグドラ師匠は湯船のへりにもたれて息を吐く。俺はその隣で湯に浸《つ》かりながら、どうにか師匠の裸から視線を逸《そ》らし続けている。

湯気があるとはいえ、師匠は裸だ。直視するわけにはいかない。

……多分本人は何も気にしないんだろうが。

「愛する弟子に髪と背中を洗ってもらい、さらには一緒に湯に浸かる。師匠冥利《みょうり》に尽きるのー」

こっちの気も知らずに、師匠が横から体重を預けてくる。

「師匠、俺は先に出ていますので」

「だーめじゃ。逃げるなウィズ。お主は妾の助言と引き換えに、一緒に風呂に入ると約束したじゃろ」

咄嗟《とっさ》に浴槽から出ようとした俺を押さえつけるため、師匠が抱き着いて止めてくる。

裸で。

へ、平静を保て……！　いかに相手がエルフの美貌《びぼう》を持つとはいえ、外見年齢十二歳くらいの相手に緊張しているとバレたらいろいろまずいぞ……！

「……もう少しだけですよ」

「うむうむ。それでよい」

俺が浴槽に戻ると、師匠は実に嬉しそうに頷いた。


魔族ジルダの襲撃事件から一か月が経《た》った。

襲撃されたリンドの街の復興《ふっこう》は、もうほとんど終わっている。

魔導士協会が復興チームを派遣したことに加えて、隣の領主――要するにゴードンが積極的に援《えん》助《じょ》をしたことで復興作業はかなりの勢いで進んでいった。

聞けば、ゴードンはこういった不測の事態に備えて税金の一部を貯めていたらしいのだ。

隣領とはいえ、それをよそに使うというのはなかなかできることじゃない。

正直ゴードンを少し見直した。男気《おとこぎ》あるではないか。

そんなわけで被害の大きかったレガリア魔導学院もすでに建て直しが完了しており、噂《うわさ》ではもうすぐ授業も再開するそうだ。

俺としては、魔族相手に醜態《しゅうたい》をさらした学院長どもの末路が気になるところだが。

そのあたりをゴードンに聞いておけばよかった。

やつに依頼していた、俺の昇級申請の結果にばかり気を取られて聞きそびれたのだ。

俺はというと、ここ最近はリンド領の復興に協力していた。

もちろん階級上げの功績作りのためだ。

それが一段落したので、以前交わした〝師匠と一緒に風呂〟の約束を果たすべく師匠の住居に来ているのだった。


「さあ、妾の腕によりをかけた手料理じゃ。たーんと食べるがよいぞ、ウィズ」

「ありがたくいただきます、師匠」

風呂の後には師匠の手料理が待っていた。

テーブルいっぱいに並べられた湯気の立つ皿には、野菜、果物、魚をふんだんに使った料理が盛られている。どれも美味《うま》そうだ。

美味そうなのはいいんだが……

「相変わらずすごい量ですね」

「うむ。ウィズは育ち盛りじゃろう？　足りんくなっては困るからの」

師匠はそう言ってにこにこと笑みを浮かべている。

師匠。育ち盛りとか以前にこの量は人間一人では食いきれません。

昔からなぜかこの師匠は俺にたくさん食べさせたがるのだ。若い男の胃袋は無限だと勘違《かんちが》いしている節がある。

「……美味いです」

「そうかそうか！　おかわりもあるぞ、たっぷり食うといい！」

「はははははは」

賢者哲学その一、どんな相手でも正面からねじ伏せる。

せっかく作ってもらったものを残すわけにはいかない。

完食してみせようではないか！

残すと師匠は悲しそうな顔をするしな。

久しぶりの師匠の手料理を満喫《まんきつ》しつつ、俺は言った。

「師匠、俺は食後に外出しますが構いませんか？」

「何か用事でもあるのか？」

「ええ。それはもうとびきり重大な用事が」

俺は腕に嵌《は》まった魔導士階級章を師匠に見せる。

階級章は少し前の緑色とは異なり、現在は白色に変わっている。

白色の階級章は四級の証。そして四級に上がった魔導士には一つの権利が与えられる。

「時は満ちました。ついに俺も相棒となる〝使《つか》い魔《ま》〟を手に入れる時が来たのです！」

魔獣を使い魔として使役すること。

それこそが四級に上がった魔導士のみに許される特権だ。

ふーむ、と師匠が腕を組む。

「使い魔契約……というと、なんか魔獣を従えるアレじゃったか」

「そうです。魔獣を従えるアレです。というか師匠、何を今さら――ああ、そういえば師匠は使い魔を持っていないんでしたね」

「うむ。あれは人間の文化じゃからな」

エルフである師匠は、魔導士の慣例に縛られていない。

具体的に言うと、師匠は使い魔も魔導増幅具《つえ》も持っていない。

師匠はかつての手柄によって一足飛びに特級になったため、そのあたりの手続きもすっ飛ばしているのである。

別に今からでも使い魔を得ることは可能だろうが、師匠は特に興味がないようだった。

「いちおう説明しますと、使い魔契約というのは四級になった魔導士が魔獣を隷属《れいぞく》魔術で縛《しば》って従えることです。契約することで階級章に使い魔を格納したり、位置関係を把握《はあく》したりすることができます。使い魔は基本的に使役者の言うことも聞きます」

俺の言葉に師匠は首を傾げる。

「む？　基本的に、ということは完全に操れるわけではないのか？」

「そのあたりは術者のさじ加減ですね。完全に操ることもできますが……」

「あー、それならゴーレムでも作っておればいい、となるのか」

「はい。多少の判断力は残したほうがプラスになるかと」

ゴーレムのように〝命令されたこと以外何もしない〟というのも便利ではあるが、せっかく魔獣には知性があるのだからその長所を活かすべきだろう。

「どんな魔獣を使い魔にするか決めておるのか？」

「？　邪竜以外に何があるんです？」

「お主本当に相変わらずじゃなあ……」

最悪の場合〝邪〟の部分は妥協《だきょう》するとしても、竜は確定だ。

狂暴でありながら荘厳《そうごん》、神秘性すら併《あわ》せ持つ竜種こそ俺の使い魔にふさわしい。

「しかしそうなると見つけるのは大変じゃな。なかなかおらんじゃろ、邪竜なんて」

師匠の言葉に俺はにやりと笑った。

「それがあるんですよ、師匠。今回に限っては強力な魔獣の当てが」

「そうなのか？」

「ええ。魔獣特区クリード諸島――その第四島であれば、俺の使い魔にふさわしい魔獣がいるかもしれません」

◇　◇　◇

クリード諸島。

それは魔導士協会が管理する使い魔用の魔獣の聖地だ。

本来であれば、魔獣はこの世界にランダムで出現する。

しかし特殊な魔導具を用いることで、その発生地点を任意の場所に誘導《ゆうどう》できる。

その魔導具が設置されている場所こそが魔獣特区・クリード諸島なのだ。

なぜそんなことをしているか？

もちろん、魔導士が簡単に使い魔を確保できるようにするためだ。

本来なら魔獣はいつどこに現れるかわからない。

しかしクリード諸島に行けば、誘導装置のおかげでいつでも魔獣がわんさかいる。

四級になった魔導士はこぞってクリード諸島に行き、そこで気に入った魔獣を選んで使い魔にするというわけだ。

貴族の子どもたちが競って魔獣を探し、『こっちのほうが品がある』『いやいやうちの使い魔は力強さが自慢で』などとマウントを取り合うのは年度始めの風物詩と言っていいだろう。

さて、クリード諸島は第一島から第四島までの四つに分けられる。

周辺の海域を含めてクリード諸島はまるごと魔導結界で覆《おお》われているが、その結界によって諸島の内部も意図的に分断されているのだ。

基準は出現する魔獣の強さ。

第一島から順に出現する魔獣の強さは増していき、第四島の魔獣たちがもっとも強い。

第四島の危険度たるや、一級以上の魔導士でも少数の者しか出入りしないというほどだ。

師匠の家を出た俺は、そのクリード諸島の第四島を目指して移動していた。

「見えてきたな。あれが第四島を区切る魔導結界か」

【飛行《フライ》】の魔術で海上を進みつつ俺は呟《つぶや》く。

俺の前方には、七色に輝く半透明の障壁が見える。

クリード諸島の周辺は超強力な魔導結界で覆われているのだが、あれはその結界の端だろう。四級魔導士の階級章を持っていなければ、あの中には入れない。

いよいよクリード諸島だ。

どんな魔獣がいるのだろうか。

島の生態系の頂点に立つ邪悪な竜がいたりしないだろうか。

もしくは、前世の俺と再会を誓《ちか》い合った魂の片割れとかいたりしないだろうか。

普段は冷静沈着《れいせいちんちゃく》な俺でもわくわくせざるを得ない。

「いざ行かん――魔獣特区クリード諸島へ！」

高らかに宣言して魔導結界の中に突入する。

結界によって遮《さえぎ》られていた視界が晴れ、前方には海の先に大きな島が見える。あれがクリード諸島の第四島なのだろう。

しかし俺は島よりも、その手前の光景に注意を引かれた。

『ロロロロロロロォォオオオオオッ――――！』

「あれは……クラーケンか？」

クラーケンは巨大なイカのような魔獣だ。そのサイズたるや、頭から足まで含めて最大六十M《メル》に達する。まさしく海の王者と言うべき怪物である。

『ロォオオッ！　ロロロォォオオオオオオッ！』

『――――ッ！』

そのクラーケンが、何者かと交戦している。

幅二Mを越えるような触手が轟然《ごうぜん》と振り回され、余波だけで海面が波打つさまはなかなか壮観だ。

……縄張《なわば》り争いでもしているのか？

いちおうクラーケンの相手のほうも確認しておく。

身体強化で視力を上げると、クラーケンの交戦相手にはまず翼《つばさ》が見えた。

さらに鱗《うろこ》があって、鋭い牙も爪もあった。色は空色。

なるほど。どうやらクラーケンと戦っているのは飛竜の一種のようだ。

……

…………竜、だと？

これはついている。

まさか島に上陸する前から念願の竜を見つけることができるとは！　やはり俺は竜と契約する運命のようだな。

まずは邪魔なクラーケンを処理するか。

飛行魔術で戦闘を繰り広げるクラーケンと竜のそばまで行く。

『ロォオ……？』

『――――？』

クラーケンと竜が揃って接近してきた俺を見た。

俺は風属性の魔素を操りながら高らかに宣言する。

「海の王者クラーケンよ！　今すぐ俺の前から消えるがいい。そうすれば痛い目を見ずに済むぞ？」

ぶわっっ、と風属性の魔素によって俺のローブの裾《すそ》が激しくはためく。

さながら内包する巨大なエネルギーが溢《あふ》れ出そうとするように。

ぶっちゃけこの演出がやりたくて風魔術を選んだのだが、大正解だったと言わざるを得ない。我ながらあまりに格好よすぎるぞ。

しかしクラーケンは逃げていくこともなく、巨大な触手を振りかざした。

『――ロオオオオオオオオオオオオオオオオオオオッ！』

「フッ……交戦を選んだか。その度胸だけは認めてやろう……」

俺は手を天に向けた。

「【風矢《ウインドアロー》】！」

発動したのは風の矢を放つ初歩的な魔術。ただし、その数は一本二本ではなく――千本。

『ロロロロロロロロロロロロオオオオッ!?』

ドガガガガカッ!!　と激しい炸裂音《さくれつおん》が響く。

クラーケンは的が大きいので当てやすいな。動きも遅いし。

千本すべての【風矢《ウインドアロー》】をもろに受けたクラーケンは、ぶくぶくと海中に沈んでいった。

「海底で眠るがいい、海の王者よ――」

特に意味はないが、勝ったので静かにポーズを決めておく。

ちなみに殺してはいない。クリード諸島の魔獣は他の魔導士が使い魔にする可能性があるからだ。他の魔導士が使い魔として欲しがる可能性がある以上、勝手に狩るのはご法度《はっと》なのである。

さて、邪魔者は追い払った。これでじっくり竜を観察できるというものだ。

「ふむ……」

遠くから見た通り、目の前にいるのは空色の鱗を持つ飛竜だ。

ただしサイズ的には思ったより大きくなかった。せいぜい体長二Mといったところだろう。もしかしたらまだ子どもなのかもしれないな。

……残念だ。この外見では威圧感が足りない。

確かにこいつは竜だが、俺の望む水準ではなかった。欲を言えば体格はこの三倍は欲しいところだ。

『――――』

「む、なんだ？」

『――――、』

放置して先に進もうとすると、飛竜がこっちに寄ってきた。

それから興味深そうな目で俺のことをじっと見てくる。

伝わるとも思えないが、俺は飛竜に向かって言った。

「悪いが俺はもう行くぞ。この先の島に用が――」

『――ねえねえ、もしかしてあなたってニンゲン？　ニンゲン初めて見たよ！』

……ん？

『すごいね、ニンゲンってあんなことできるんだね！　風が矢になって群れになってぶわああああああああって飛んだねー！　クラーケンも簡単に追い払えちゃうんだねー！　あ、クラーケンって知ってる？　さっきの大っっっっきいぐにゃぐにゃした変なかたちの魔獣のことなんだけどね』

待て。待ってくれ。

予想外の事態に俺は混乱する。俺は驚愕《きょうがく》しながら尋ねた。

「お前喋れるのか!?」

『うん余裕！』

余裕らしい。そんな話は聞いたこともないが。

普通、魔獣と会話することはできない。唯一の例外は、以前戦ったジルダのような魔族くらいのはずだ。だというのに、目の前の飛竜は実に流暢《りゅうちょう》に話しかけてくる。

まさかこいつも魔族なのか……？

それにしてはこう、敵意が感じられない。口調も妙に幼いし。

『ねえねえニンゲン名前なんていうの？』

好奇心に目を輝《かがや》かせて飛竜が尋ねてきた。

ふむ。

いかに相手が魔獣といえど、聞かれたからには名乗ってやるか。

「ウィズ・オーリア――いずれ〈賢者〉に至る天才魔導士の名だ。覚えておくがいい。それで飛竜よ、お前に名はあるのか？」

俺が聞くと、飛竜は頷きを返してくる。

『あるよー。シアの名前でしょ？　えっとねー、シアはねー』

「なるほど。シアというのか」

『えっなんでわかったの？』

「お前が自分で言ったんだろうが」

なんだ？　こいつはもしかして馬鹿なのか？

「ところでシア。お前はなぜクラーケンと戦っていたんだ？」

俺が聞くと、飛竜――もといシアは憤慨《ふんがい》したようにこう答えた。

『外に出たかったから！　だってねーシアねーずっと島にいるんだよ!?　もう飽きちゃったよ！　それでねー外に出ようとしてたらねー、クラーケンがいきなり襲ってきたの』

「ふむ……」

どうやらシアは島から脱出しようとしていたらしい。

それで縄張りを侵《おか》されたと思ったクラーケンに攻撃されたと。

「いちおう言っておくが、結界があるから魔獣は島の外には出られんぞ」

『知ってるー……でもシアは外に出たい。もっといろんな場所に飛んでいきたい。ウィズは結界なんとかできないの？』

「無茶を言うな」

クリード諸島を覆う魔導結界をなくせば、内部の魔獣が外に溢れ出すことになる。

そうなればどれだけの被害を生むかわかったものではない。

『けちー』

「なんだと貴様。助けてやった恩も忘れて」

『じゃあじゃあ、お話ししようよ。島の外の話を聞かせてー！』

「そのくらいは構わんが……長くは寄り道できんぞ。俺には崇高《すうこう》なる使命があるんだ」

そう言って、俺はふと思いついた。

「そうだシア。お前、この島に棲《す》みついて長いのだろう。聞きたいんだが、島にお前の他に竜はいないのか？　できれば強大で狂暴な黒き闇の竜がいい」

『シアの他に竜？　――あ』

シアは何かに気づいたようにぴたりと動きを止め、竜のくせにわかりやすく慌《あわ》て出した。

『まずいまずい、こっそり出てきたのにクラーケンのせいでバレたかも。うわーやだなー怒ってるかなー怒られるのやだなー……』

「おい、どうした急に。何をそんなに慌てている」

直後、示し合わせたように島のほうから咆哮《ほうこう》が轟いてきた。

『シァアアアアアアアアアアアアアアア！　シアはどこにいるのですか！　いたら返事をしなさい、今なら怒ったりしませんからァアアアア！』

声のしたほうを見ると、島の上空を一体の竜が飛び回っている。

鱗の色は深い緑色で、どう見てもシアよりも数段大きい。

さっきの叫《さけ》び声《ごえ》の主はあの竜のようだ。

『……』

「シア。あれはお前の知り合いか？」

『……うん。そう』

「よかったな。怒っていないそうだぞ」

『シア知ってるんだー、あれ怒ってないっていうの信じて素直に出ていったら怒られるんだー……』

げんなりするシアだったが、どっちみちあの緑色の飛竜はこっちに気づいて向かってきているぞ。

緑色の飛竜は俺などには目もくれずシアを見て、安堵《あんど》したような声を出す。

『ここにいましたかシア！　捜しましたよ！』

『……ニルベルン……』

『まったく寝起きでシアがいなかった時に私がどれだけ焦《あせ》ったことか。さあ洞窟《どうくつ》に戻りますよ』

どうやらこの緑の飛竜はニルベルンという名前らしい。

……なかなか格好いいではないか。神話的な響きがあるな。

『やだー、戻りたくない！　シアはウィズから外の世界の話を聞くの！』

『ウィズ？　ウィズとは一体何者で――人間！　いつからそこにいたのです⁉』

最初からいたんだが。

どうやらこの緑色の飛竜、シアに気を取られて俺の存在に気づいていなかったらしい。

『まさかあなたがシアを連れ出そうと……？　いい度胸です！　その不遜《ふそん》な振る舞い、我が業火《ごうか》に焼かれた後冥府《めいふ》で後悔しなさい！』

しかも何やら妙な勘違いをされている気がする。

ここは釈明《しゃくめい》しておこう。

「落ち着けニルベルンとやら。俺はそのキャンキャンうるさい竜を連れ去ろうとなどしていない」

『シアはキャンキャンうるさくないよー、でもウィズの言う通りだよ！　ウィズはシアを助けてくれたんだよ！』

『……なんですと？』

『そうだよ！　シアが島の外に出ようとして、クラーケンに襲われて、それを通りかかったウィズが助けてくれたの！』

シアの説明によって、ニルベルンは殺気を引っ込めた。

『そ、そういうことでしたか。それはどうも。人間、あなたに感謝を』

「フッ、気にするな。困っている者を助けるのは、力ある者として当然の義務だろう？」

『……ニルベルンー、ウィズがまた変なポーズとってるー』

『……変なども言うものではありませんよ、シア。あの滑稽《こっけい》な仕草も人間にとっては意味あるものなのかもしれません』

竜二体がひそひそ話している。心なしか呆れられている気がしないでもない。

『ともあれ、シアを救ってもらったお礼をさせていただきたい。我々の棲《す》み処《か》へいらっしゃいませんか？』

ニルベルンがそんなことを言ってくる。

なんかシアも目をきらきらさせながら頷いているし、ここは申し出を受けておくか。

「いいだろう。招かれようではないか」

そんなわけで俺は大小の竜二体の棲み処に案内されるのだった。

◇◇◇

『ここがシアとニルベルンの住んでるとこー』

シアたちに連れられてきたのは、島の中ほどにある洞窟だった。

中は広く、奥行きもかなりある。

「ほう……魔素濃度の高い洞窟だな」

『ええ。ここの空気は我々の故郷にいくらか近いので、居心地がいいのです』

洞窟内の魔素濃度は魔導士でない人間なら体調を崩《くず》すほどだが、どうやら魔獣にとっては棲みやすい環境らしい。

『ねえねえウィズ、早くお話ししよう！』

急かしてくるシアに、ニルベルンがぼそりと言った。

『シア。そういえばあなたが勝手に海に出た罰がまだでしたね』

『……で、でも、ウィズのお話聞きたい』

『では早く罰を終わらせてくるんですね』

シアはがくりと尻尾を落とした。なんだその犬のような仕草は。

『うー、何したらいいの』

『ウィズに助けてもらったお礼をせねばなりません。洞窟の奥から光の鉱石を掘り出して持ってきなさい。ウィズに話をねだるのはそれからです』

『わかったー……』

シアはとぼとぼと洞窟の奥へと歩いていった。

「光の鉱石とはなんのことだ？」

『この洞窟に眠る、高純度の魔鉱石のことですよ。光の鉱石とは私が勝手にそう呼んでいるだけです。シアを助けてくれた謝礼です。魔導具を作るのにでも使ってください』

なるほど、魔鉱石か。

この洞窟のような魔素濃度の濃い場所で育った魔鉱石なら、さぞ質がいいことだろう。

「そういうことなら、ありがたくもらっておく。というかお前、魔導具を知っているのか」

『もちろん。とはいえ、作れるほどの知識はありませんが』

「……」

喋るだけではなく、魔導具のことまで知っている、か。

やはり普通の魔獣ではないな。

俺は尋ねた。

「ニルベルン。お前は何者だ？」

『何者だ、とは？』

「とぼけるな、喋れる魔獣などそうはいない。俺の知る限り魔族くらいのものだ……お前やシアは魔族なのか？」

俺の質問に、ニルベルンは少し考え込むような仕草をした。

『そうですね。魔族といえば魔族です』

「！　やはり――」

『ですがどうも認識にズレがあるようです、ウィズ。あなたの言う魔族とは魔人族のことではありませんか？』

魔人族。

聞きなれない言葉に、俺は眉根を寄せた。

「……魔人族とはなんだ？　魔族とは違うのか？」

『ええ。我々の故郷である魔界には、知恵ある魔獣……つまり魔族が大勢暮らしています。魔人族とは、その中の一種族に過ぎません』

ニルベルンは静かに言葉を続ける。

『魔人族は魔族の中でも特に強く、魔界の覇者《はしゃ》でもありました。かつて魔界を征服した彼らは、さらなる領地を求めて人間界に七体の精鋭《せいえい》を送り込みました。百年ほど前のことになるでしょうか。ウィズ。あなたが言っているのは、この魔人族のことでは？』

「ふむ……」

確かにニルベルンの話は俺の知識と合致する。

いちおう確認しておくか。

「……その七体の中に、ジルダという魔人はいたか？」

『ええ。あらゆる魔術を跳ね返すという能力を持つ、幼い容貌の者でした』

「なるほど。嘘《うそ》を言っているわけじゃないらしいな」

ニルベルンの言う魔人ジルダは、俺が倒した魔族で間違いないだろう。

「要するに、俺たち人間を襲ったのは魔族の中の〝魔人族〟という連中というわけか」

『そういうことです。私やシアは魔族ですが、魔人ではなく魔竜と呼ばれる種族です。魔人たちと違って特に侵略など企《たくら》んでいないので、警戒の必要はありませんよ』

ふーむ。

ニルベルンの話は信用できるのか？

……信用できるだろうな。今までの話に矛盾はないし、俺に対する敵意も感じない。

何より、百年前に現れた七体の魔族はどれも人間に近い姿だったと聞く。

ニルベルンやシアがその魔族――もとい、魔人族というのは考えにくい。

「いいだろう。ひとまずお前の話を信用しておく」

『ええ。ぜひそうしてください』

まだ疑問はいくつか残っているが、目の前の飛竜が敵でないことは確かだろう。

話が一段落したところで、今度はニルベルンが尋ねてきた。

『ウィズはこの島には何を求めて来たのです？』

「ああ、俺にふさわしい使い魔を探しに来た」

『使い魔、というのは？』

どうやらニルベルンは使い魔について知らないらしい。

危険な第四島とはいえ、たまには使い魔探しに来る人間もいるはずなんだが……まあ、こんな奥深くの洞窟に棲んでいれば、そうそう出くわすこともないのか。

俺はニルベルンに使い魔について説明した。

『ふむ。要は奴隷のようなものですか』

「そう扱おうとする魔導士もいる。俺の場合、特に制限をかけるつもりはないがな」

『なるほど……』

説明を聞き終えると、ニルベルンは何やら考え込むような仕草をする。

『……ちなみにウィズは何か望みの魔獣はいるのですか？』

「竜だ」

『竜ですか』

ああ、と俺は深く頷く。

「それもとびきり巨大で狂暴で強大なやつがいい。できることなら鱗は堅牢《けんろう》な鎧《よろい》のごとき硬さと夜空を思わせる闇色を併せ持ち、瞳は燃えるような深紅、鋭い牙・爪・背のトゲを備え、翼の一薙《ひとな》ぎで地形を変え、邪悪なる呪いの炎を吐けることが望ましいが――心当たりはないか？」

『いや……そんな化け物は魔界でも見たことはないですね』

「なん……だと……？」

俺は思わず膝から崩れ落ちた。

馬鹿な。いない？　この俺が幼少の頃から思い描き続けた暗黒の邪竜が……存在しないだと？

「ぐっ……うっ……」

『泣くほどショックだったのですか⁉』

かつて魔界で暮らしていたニルベルンが言うならそれは事実なんだろう。

魔界にすらいないというなら、人間界に存在するわけがない。俺の夢は儚《はかな》く崩れ去ったのだ。

『あー疲れたーたくさん掘ってきたよーってウィズが泣いてるー⁉』

このタイミングで、大量の鉱石を持ってシアが洞窟の奥から戻ってきた。

『ニルベルン何言ったのー！』

『いえ、特に変なことを言ったわけでは……ウィ、ウィズ。それより提案があります』

慌てた声で話しかけられ、俺は顔を上げた。

「提案、だと？」

『ええ。黒き邪竜ではありませんが、ここにいるシアをあなたの使い魔にしてはどうでしょう？

この子も幼いとはいえれっきとした魔竜族。十年もすれば立派な飛竜に育ちます』

ニルベルンの言葉に俺は眉根を寄せた。

シアを俺の使い魔に……？　また唐突《とうとつ》な話だな。

『ニルベルンー、使い魔ってなにー？』

『契約関係のようなものでしょう。さほど厳しい条件はないようですが』

シアの質問に応じるニルベルンに、俺は尋ねた。

「いちおう理由を聞いておこうか」

『……知っての通り、シアは外の世界に憧《あこが》れています。シアには魔界にいた頃の記憶はありません。この子はこの島以外の場所を知らないのです』

「魔界にいた頃の記憶がない？　それはなぜだ？」

『当時のシアはまだ幼かったためです』

まあ、確かに物心つく前では思い出も何もないだろうが。

俺がシアに視線で尋ねると、シアは何度も頷いてくる。

『この子はまだ若い。そんなこの子をこの島に閉じ込めておくのは、気の毒でなりません。ですが、我々のような魔族では結界を破ることはできない。あなたの使い魔となれば、この子も外の世界を知ることができるでしょう』

「ふむ」

ニルベルンの言う通り、この島の結界はとても厳重だ。竜であってもそうそう破れない。

そんな状況でシアが外に出るには、魔導士の使い魔になるしかない。

「……俺はもっと強そうな竜を使い魔にしようと思っていた。ぶっちゃけお前のほうが俺の理想には近いのだが」

『えー!? ウィズひどいよ、シアの何がだめだっていうのー！』

シアが抗議《こうぎ》してくる。ええい、お前のどこが強大で格好いいというんだ。

ニルベルンが苦笑する。

『いえいえ、後十年もしないうちにこの子は私を凌《しの》ぐ立派な竜になりますよ。この子は魔竜族の中でも特に優れた血統の持ち主ですから』

「そう言われてもな……悪いが確認させてもらうぞ」

すかさず【魔力感知《マギサイト》】でシアとニルベルンの保有魔力を見る。

すると驚《おどろ》くべきことに、この体格差で二体の魔力量にはほとんど差がなかった。

子どもでこれなら、確かにシアが将来有望だという話は納得できる。

「シアの有望さは理解した。疑って悪かったな。だが、まだ問題はあるぞ」

『ふむ。問題とは？』

「お前たちは喋る。人前で喋れば魔族――ではなく魔人族だったわけだが、それと勘違いされるだろう。そんな存在を連れ歩けばパニックになりかねん」

百年前に封印されたジルダを始めとする魔族たちは、その姿が一般には知られていない。

竜の姿で喋ったりすれば、シアが魔族と勘違いされる可能性がある。

事実、さっきまでの俺がそうだったわけだしな。

シアが人前で喋らないように徹底《てってい》すれば問題ないが……シアの性格を見る限り、それも難しそうだ。

『ふふ、それなら問題ありません』

「何？　どういう意味だ、ニルベルン」

『要は竜の姿で喋らなければいいのでしょう。シア、あれを見せてあげなさい』

『あれ？　あれねーわかった！』

シアがその場で直立し、目を閉じる。何をする気だ？

次の瞬間、シアの体が光に包まれ――姿が変化した。

「……は？」

さっきまでシアのいた場所に、十歳くらいの裸の少女が立っている。

腰まで伸びる髪は青く、大きな瞳が目を引く。

「どうどう、これなら喋っても大丈夫でしょ？」

青髪の少女は、その場でくるりと回ってそんなことを言ってくる。

「幻術か？」

『幻術ではありません。シアは人間に化けることができるのです。これなら人前で喋っても騒《さわ》ぎにはならないでしょう』

「確かに人間にしか見えないが……ええい、とりあえず服を着ろ」

「わぷ」

人間の姿になったシアに自分のローブを脱いで投げつける。シアがそれを着終わってから、改めて俺はその姿を確認した。

……やはり人間にしか見えない。

「そもそもなぜシアは人間に化けることができるんだ」

『それはシアが特別だからという他ありません。私も含めて人化できる魔竜種などほとんどいませんし』

同じ知性を持つニルベルンでも人化はできないらしい。

どうやらシアは竜の中でも変わり種のようだ。

特別。

……悪くない響きではないか。

「これならいいでしょ、ウィズ。ねっ、ねっ？」

期待に目を輝かせて詰め寄ってくる青髪幼女。

俺が望んだ邪竜がいないのなら、こいつの将来性に賭《か》けてみるのも悪くないか。

「光栄に思うがいい、シアよ。今日からお前は俺の使い魔だ！」

「やった――――！」

歓声《かんせい》を上げて飛びついてくるシア。ええい暑苦しい！

こうして俺はシアという変わった使い魔を得たのだった。

◇　◇　◇

「――というわけで、これが俺の使い魔になったシアです師匠」

「はじめましてーシアだよー」

「相変わらずお主は妾の予想を超えてくるのう……」

幼女の姿のシアに挨拶され、呆れたように言うユグドラ師匠。

クリード諸島から師匠の家に戻ってきた俺は、島での出来事を師匠に報告していた。

師匠はふーむと腕を組む。

「喋る竜に魔人族か。興味深い話ではあるな」

「いちおう、このシアや島で出会ったニルベルンは悪い魔族ではないようですが」

「うむ、妾もそう思う。百年前に出現した魔族……ではなく魔人族か。あやつらと比べてこの小娘には邪気がなさすぎる」

　そう言ってうんうん頷く師匠。

　百年前の魔人族との戦いの当事者である師匠は、シアが危険な存在ではないと一目で理解してくれたようだ。

「それはともかく、ウィズよ。なぜこの小娘はこんな変な格好をしておる？」

「小娘じゃないよー、シアだよー！」

　名前を呼ばれず不満げなシアの服装は、全裸の上に俺のローブを羽織《はお》っただけという状態だ。師匠が不思議に思うのも無理はない。

「……見ていただければわかります。シア、元の姿に戻っていいぞ」

「はーい」

　シアからローブを回収しつつ指示を出す。シアの体が光に包まれ、数秒でその姿を本来のものである、飛竜へと変化させた。

　それを見て師匠は感心したような声を出す。

「ほー。本当に正体は竜なんじゃなあ」

『えへへー』

「……で、まともな服を着とらんかった理由もこれか」

「はい。人間用の服を着せると、竜の姿になった時に破れてしまうので」

シアに服を着せた場合、竜の姿になるたび服を脱ぐか破るかしなければならず面倒だ。

いい解決策が思いつかず、ひとまず俺の服を着せていたというのが現状である。

「なるほどな。ちょっと待っておれ」

俺の説明を聞き、師匠は部屋の隅のタンスをがさがさ漁《あさ》り出した。

しばらくすると、何やら腕輪のようなものを持って戻ってくる。

「師匠、なんですかその腕輪は？」

「簡単に言えば服を格納する魔導具じゃな。使えば着ている服を魔力に変換して腕輪の中に収納することができる。もちろん、収納した服を戻すことも可能じゃ」

『なになにー？　何かくれるのー？』

「うむ、お主にやろう。とりあえず使ってみろ。中には妾の服が入っておる」

『わーい』

シアは人間の姿に戻って師匠から腕輪を受け取った。

それにシアが魔力を込めると、シアの体が一瞬だけ光り――直後には師匠の服を着た状態のシアが立っていた。

「えーっ、何これすごい！　いきなりシアが服着てる！」

面白がるようにシアがくるくる回る。

シアは能天気《のうてんき》に喜んでいるが……俺は感嘆してしまっていた。

「なるほど。【疑似転移《ぎじてんい》】の要領ですか。服だけ魔力に分解して、魔導具の中に保存しているんですね」

「うむ。もっとも容量は大したことはないがの」

「師匠が作ったんですか？」

「いや、もともと持っておったものじゃ。エルフが好んで使う魔導具なんじゃが、里を出る際にいくつか持ち出していてな」

「そういうことでしたか」

エルフは人間より優れた魔術を使う。これがエルフの魔導具作成技術というわけだ。

魔導具に使われている魔術自体は俺でも再現可能だろうが、あの腕輪はそれを極めて少量の魔力で発動させている。

あれはよほど優れた技術がなければ実現できまい。

なんにせよ、これでシアは竜になるたびにいちいち服を脱いだり破ったりする必要はなくなったわけだ。

「ユグドラすごーい！」

「お、お前、師匠に向かってなんという口の利き方を……！」

よりによって呼び捨てとは、この竜どうしてくれようか。

「よいよい。ウィズの使い魔とあらば妾にとっても家族同然じゃ」

「師匠……なんと寛大な！」

さすがユグドラ師匠だ。その心は海より広い。

「じゃが――」

「え？　え？　ユグドラなんでシアの顔を掴《つか》んでるの」

師匠はシアの頬を両側からがっしと掴んだ。

困惑顔のシアに対して、師匠は異様な迫力を発しつつこう言った。

「――シアよ。喋る魔族であるお主は、一つ間違えば民衆のパニックを引き起こすじゃろう。百年前に襲撃してきた魔人族と同一視されてな。それで万が一ウィズに迷惑をかけてみろ？　妾が直々《じきじき》に躾《しつ》けてやるからな」

「は、はいぃ……」

これは怖すぎる。

さすが四人しかいない大魔導士の一人だ。釘の刺し方すら尋常《じんじょう》じゃない。

第二章　フロウ森林の異変

「性能テストだ」

場所は相変わらずユグドラ師匠の家。

俺が読んでいた本をぱたんと閉じて言うと、そのへんで暇そうにしていたシアが首を傾げた。

「テストって何のー？」

「お前に決まっているだろうが、シア」

俺はシアの能力を知らない。主として、使い魔の戦力調査はしておく必要があるだろう。

「何するのー？」

「適当な魔獣を見つけて戦ってもらう。そうだな……ソノクの町の冒険者ギルドに行って、何か依頼でも受けるか」

「町！」

シアは目を輝かせた。

ユグドラ師匠の家は人里離れた霊山の中にあり、周囲に市街地はない。シアは少し前に教えて以来、〝町〟というものに興味を募らせていたようだった。

そんな話をしていると、奥のベッドでごろごろしていたユグドラ師匠がこんなことを言う。

「ウィズよ。町に行くなら設定を作っておいたほうがいいと思うぞ」

「設定？」

「シアは人前で魔獣の姿になるわけにはいかんのじゃろ。となると基本は人間の姿で行動することになるが、まさか人間の状態で見せて『使い魔です』と言うわけにもいくまい」

「……なるほど。言われてみれば」

確かにシアの身元を適当にでっちあげておく必要はあるだろう。ソノクの町の冒険者ギルドで俺は顔を知られているし、シアについて尋ねられることもありそうだ。

「では、シアよ。今からお前は俺の妹だ。今後はシア・オーリアと名乗れ」

「妹ー？　シアがウィズのー？」

「嬉しいだろう？　俺ほどの大人物と同じ家名を名乗れるのだぞ」

まったく、我ながら太っ腹すぎて困る。

俺と家名を同じにしておけば、俺が活躍するたび『オーリア……？　ということは、あの強く気高く格好いいウィズ様の親戚か何かで!?』と自動的に持ち上げられるわけだ。このうえないプレゼントと言えるだろう。

「えー……シアはウィズより大きいのに妹なのー？」

「それは竜の姿の話だろうが」

幼女の姿で俺の姉というのは、誰も信じてくれないだろう。

「いいから町に行くぞ」

「わーい」

「夕飯までには戻るんじゃぞー」

師匠の呑気《のんき》な声に見送られて、俺とシアは町に移動した。

◇　◇　◇

【疑似転移】で師匠の家からソノクの町の冒険者ギルドに移動する。

「着いたぞ。ここが冒険者ギルド――」

言いかけて、俺は眉をひそめた。

一方シアは見慣れない光景に目を輝かせている。

「わあーすごいねー人がいっぱい！　……でも、なんだか騒がしいねー。いつもこうなの？」

「いや、そんなことはないはずだが……」

冒険者ギルドの中は以前来た時と比べて、何やら慌ただしい雰囲気に包まれていた。


『急いでくれ！　とにかくありったけの武器とポーションが必要なんだ！』

『ねえ誰か冒険者の登録名簿《とうろくめいぼ》を見かけなかったー!?』

『とにかく強い冒険者を集めろ！　それとヤーチェの街の魔導兵たちにも連絡！』


ギルド職員が通信用の魔導具に声を張り上げ、受付嬢が書類片手にあちこち走り回っている。

何かトラブルでもあったのか？

「君……ウィズ君？　ウィズ君じゃないか！」

事情がわからず首を傾げていると、見覚えのある人物に話しかけられた。

「ギルドマスターか。これは一体なんの騒ぎだ？」

「ちょっとまずいことが起こってね。……ところでこっちの子は？」

ソノクの町のギルドマスターはちらりとシアのほうを見て尋ねてくる。

いい機会だ。ここはシアに自己紹介の練習をさせておこう。

「こいつは俺の妹だ。シア、ちょっと名乗ってみろ」

「うん。えっとねー……シアの名前はねー……なんだっけ？」

「馬鹿め、さっき打ち合わせしただろう。シア・オーリアだ」

「そうだったー。シアはねー、シア・オーリアって言うんだって」

「二度と忘れるなよ。――というわけで俺の妹だ。以後よろしく頼むぞギルドマスター」

「絶対嘘じゃないか……」

あっさり看破《かんぱ》された。ギルドマスターは「まあわけありらしいから深くは訊《き》かないけど」と見逃してくれたが、シアには後で説教しておく必要があるだろう。

「それで何があったんだ？」

「そうだった。実はフロウ森林にオークキングが出現したんだよ」

「オークキング……ただのオークとは違うのか？」

オークといえば二足歩行する豚頭の魔獣だ。しかし一般的なオークは魔獣の中でも弱い部類なので、冒険者ギルドが泡《あわ》を食う理由にはならないだろう。

ギルドマスターは首を横に振った。

「とんでもない！　普通のオークとは桁違《けたちが》いの強さなんだよ。実際、すでに冒険者が何人もやられてる」

「ほう。具体的にはどのくらいの強さだ？」

「オークキング単体でもA。けど、オークキングのおそろしさは単体の強さじゃない。大量のオークを従えて巨大な群《む》れを作ることなんだ。オークキングに従えられた群れ全体の脅威度はSランク……自然災害並みとされている」

自然災害並みか。

俺は以前Bランクのグランドベアという魔獣を倒したことがあるが、オークキングはあれよりはるかに強敵らしい。

「というか、フロウ森林といえばジルダが封印されていた洞窟のある森ではないか。よくもまあ頻《ひん》繁《ぱん》にトラブルが起こるものだな」

俺が言うと、ギルドマスターはうつろな表情になった。

「……どうもジルダが復活した時に大量の魔素を垂れ流したせいで、フロウ森林は一時的に強い魔獣が生まれやすくなっているそうでね。ふふ、おかげでここ最近はトラブル続きさ」

「そ、そうか」

魔獣の出現地点はランダムだが、魔素濃度によってある程度偏《かたよ》りが生まれる。魔素濃度が高い場所は魔獣の数も強さも増していくが、どうやらフロウ森林は現在そういった場所になってしまっているようだ。

そんな場所が管轄範囲《かんかつはんい》とは……なんだかいつも貧乏《びんぼう》くじを引かされているな、ここのギルドマスターは。

ともあれ、そういうことなら話は早い。

「よし。では俺たちがそのオークキングとやらを討伐《とうばつ》してやろう」

「え？　いや、ウィズ君が強いって言っても、さすがにSランクの魔獣相手に一人というのは――」

「フッ、俺を誰だと思っている？　いずれ世界の頂点に立つ天才魔導士だぞ？　自然災害だろうと敵ではないな」

「相変わらずすごい自信だな君は……」

まあ、今回戦うのは俺ではなくシアなのだが。

それに強い魔獣がいるというなら好都合だ。シアの戦力調査にもなるし、魔導士階級を上げる功績にもなる。

「そうだ。オークキングを倒したら、俺がやったと証明する書類を用意してくれ。魔導会議で提出せねばならんからな」

ギルドマスターにそう告げ、俺は物珍しそうにギルド内を歩き回っていたシアを捕まえると、フロウ森林に転移した。

◇　◇　◇

フロウ森林に到着する。

ここに来るのは以前ジルダが復活しているか確認した時以来か。

あの時は野蛮《やばん》な剣士令嬢に絡《から》まれて大変だったものだ。

「なんかここ、島に似てる？」

俺が感慨に浸っていると、周囲を見渡しながらシアがそんなことを言った。

「島……？　お前がいたクリード諸島のことか？」

「うん。あのねーなんかねー、ユグドラの家がある山に比べて魔素がたくさんあるの。そこが島に似てるー」

ふむ。俺には何もわからんが。

しかし、魔獣は魔素濃度が高い場所を好む性質があるという。となると、シアが魔素濃度を敏感《びんかん》に感知できるのもおかしな話ではない。

どうやらギルドマスターの言ったように、この森は現在魔素濃度の高い危険地帯となっているようだ。

……などと考えていると。

『グルウッ……』

がさがさと木々の奥から大柄な魔獣が五体現れた。

豚に似た頭部を持ち、二足歩行する毛むくじゃらの魔獣だ。体高はおよそ二Mほどだろう。

間違いなくオークだ。すぐ近くにいたようだな。

「よし、出番だシア。あのオークどもを片付けろ。やり方は任せる」

「はーい」

シアの戦力調査の始まりである。

やや離れた場所の木にもたれつつ、俺はシアの戦いぶりを見物することにした。もちろん万が一負けそうになれば割って入るつもりではいるが。

念のため【探知《ソナー》】を使って周囲を確認する。

近くに他の魔獣の反応はない。邪魔が入ることはなさそうだ。

『グルガアアアッ！』

オークたちが突っ込んでくる。

「吹っ飛ばしちゃうよー、それっ」

気の抜けた声とともに、シアの手から強い風属性魔力が放出された。

それらは竜巻となってオークたちに襲いかかる。

『『『グギャアアアアアアアアアアアアア‼』』』

竜巻はオークたちをはるか上空まで巻き上げ、その後墜落《ついらく》したオークたちはあっけなく肉塊《にくかい》となった。

……あれは魔術か？

シアは人間の姿のままどう戦うつもりかと思ったら、まさかそう来るとは予想外だ。

そういえば以前倒した熊も【岩杭《ロックスパイク》】の魔術を使っていたな。

あの熊よりシアのほうがずっと強いので、魔術を使えるのも当然といえる。

「あれー、まだ残ってる」

『グルゥウウッ……』

シアの言う通り、オークは一体だけシアの魔術をかわして生き残っていた。

【魔力感知《マギサイト》】で確認してみると、その一体は保有魔力がそこそこ多い。以前俺が戦ったグランドベアとほぼ同等の強さだろう。つまりBランク相当だ。

四体のオークの取りまとめ役といったところだろう。

この強さで通常種のオークとは考えにくい。とりあえず精鋭《エリート》オークとでも呼んでおくか。

あいつがオークキングという可能性は——まあ、ないだろうな。

ギルドマスターが言ったほどの力は感じないし、何よりさっき使った【探知《ソナー》】範囲内にもっと大きな魔力反応があった。オークキングはおそらくそっちだ。

『グルォオオオオ！』

吠え声をあげ、精鋭オークが突撃してくる。その動きは先ほどの通常オークたちよりはるかに速い。

しかしシアはやはり動じず、振り下ろされた巨大な拳を片手であっさり止めた。

『グゲ……グゥッ……！』

「よわーい。今度はシアの番ね！」

『グギャアッ！』

ドガッ！　という派手な音とともに、シアの拳が精鋭オークを殴り飛ばす。

あの威力を見る限り、シアは身体強化も得意なようだな。

自分の何倍もの体重である精鋭オークを、あそこまで飛ばす腕力は並ではない。

『グルォ、オオオオッ……』

精鋭オークはかなりのダメージを負ったようだが、まだ倒れていない。

おお、なかなかの耐久力だ。通常オーガなら即死していたことだろう。

だが、それを見てもシアはまったく動じていない。

「引っかかったー」

『――グフッ!?』

直後、精鋭オークの足元から突風が吹き上がった。

ただの上昇気流ではなく、超高速回転する風の渦《うず》だ。精鋭オークは今度こそ倒れた。

条件発動型の魔術だと……？

今シアが使ったのは、地面に設置するトラップ系の魔術だ。設置時点ではなんの効果もないが、踏んだ瞬間に起動する。普通の攻撃魔術よりも一段上の魔術と言っていい。

「あれー、もう終わっちゃった。手応えなーい。島の魔獣はもっと強かったのにな」

拍子抜けしたように言うシアに、俺は思わず尋ねていた。

「シア。今の魔術は誰に教わったんだ？　ニルベルンか？」

「さっきの罠《わな》のやつー？　うん、ニルベルンに教えてもらったー！」

「あいつも条件発動型の魔術が使えるのか？」

「ううん。ニルベルンには無理って言ってた」

ふむ。シアに使える魔術がニルベルンには使えないと。

ニルベルンはシアのことを特別と言っていたが……人化できることといい、こいつの生態には謎が多いな。

「ねえウィズ、今ので終わりー？」

「ん？　……ああ、ちょっと待て」

シアが尋ねてきたので、俺は思考を打ち切って再度【探知《ソナー》】を発動する。

「そうだな、今の規模のオークたちが……ざっと二十組ほどいるな」

魔力反応を探ったところ、オークたちは精鋭オークを含む五体ずつになって森に散らばっているようだ。食料集めでもしているのだろうか。

これだけきっちり集団行動をしているあたり、オークキングの統率力がうかがえる。

「よし、残らず狩り尽くすぞ。まずは森の西側からだ」

「えー……それ全部シアがやるのー？」

俺の言葉に、シアが露骨《ろこつ》に不満そうな顔をする。

「当たり前だろう。これはお前の実力を測るためのものなんだぞ」

「めんどくさーい……」

「我慢《がまん》しろ。代わりに、全部倒せば好きなだけ町を見物させてやる」

「やる！」

なんて扱いやすいんだこの幼女は。

やる気になったシアを連れて、俺は次の獲物のもとへと向かった。

◇　◇　◇

「シア疲れてきたー……まだ終わらないのー？」

「この程度で弱音を吐くとは情けないぞ」

「だってもうオーク百体くらい倒してるしー……」

そう、最初のオーク小隊を倒してから現在に至るまで、俺たちはフロウ森林中に散らばっていた他のオーク小隊を掃討《そうとう》していた。

討伐したオークは小隊リーダーの精鋭個体を含めて百体以上。

シアが疲れるのもわからなくはない。

が、そんなことでは困るのだ。何しろこれからが本番なんだからな。

「着いたな」

俺が言うと、シアは眼前の光景を見て目を見開いた。

「何これー……小さい町みたい」

フロウ森林の奥地の一角は切り拓かれ、木々のなくなった広大なスペースには大量のオークが蠢《うごめ》いていた。数百はいるだろうか。

特筆すべきはそのオークたちが、粗末とはいえ木造の〝家〟を作っていることだろう。

まったく、魔獣とは思えんことをしている。

「オークキングに統率されたオークどもは特殊だと聞いていたが、こういう意味か」

こうも適切に住環境を整えられるのなら、オークが大繁殖《だいはんしょく》するのも納得だ。

「ウィズー、こっちに骨がたくさん落ちてる。これってニンゲンの？」

「……ああ」

シアの言う通り、集落の外には食料だったと思われる動物の骨が散らばっていた。

骨は獣のものがほとんどだが……中には人間の頭蓋骨《ずがいこつ》まで混ざっている。

おそらくオークどもに殺された冒険者のものだろう。

やはりオークキングは早急に討伐せねばなるまい。

「すごいたくさんオークがいるけど、これもシアがやるの－……？」

うんざりしたようなシアの言葉に、俺は首を横に振る。

「いや、お前は力を温存しておけ。雑魚掃除は俺がしてやる。――【浮遊《レビテーション》】」

無属性魔術によって浮き上がり、オーク集落の真上で両手を地面に向けた。

集落内のオークたちは何事かと空中の俺を見上げている。

「【氷槍雨《アイシクルレイン》】！」

次の瞬間、俺の放った大量の氷の槍がオーク集落へと降り注いだ。

『『グギャアアアアアアアアアアッ!?』』

集落のあちこちからオークの悲鳴が上がる。

通常オークどころか、精鋭個体でもかわせない速度の氷の槍だ。

集落内のオークは瞬く間に数を減らしていく。

まあ、いくら増えたといってもたかが数百匹。

この俺の敵ではないな！

「ざっとこんなところか」

【浮遊《レビテーション》】を解除してシアのそばに着地する。

「……そんなに簡単に倒せるなら最初からウィズがやってくれればよかったのにー」

「俺がやってはお前の戦力テストにならんだろうが」

まったく、何のためにこの依頼を受けたと思っているんだ。

「それより準備しろ。来るぞ」

俺が言うのと同時、集落の奥から重々しい足音が近づいてくる。

やがてそれは俺たちの前に姿を現した。

『グルゥウウウッ……』

全身を硬い毛皮に覆われた二足歩行型の魔獣。外見は普通のオークと大差ないが、サイズが異常だ。どう見ても体高が俺の三倍以上はある。

こいつこそが今回の討伐対象、オークキングだ。

『グルゥウオオオオオオオオオオオオオオオオオオオオオオオッ！』

オークキングが怒りの咆哮を上げる。

せっかく育てた配下のオークが皆殺しにされたのだから、当然だろう。

「今までのより大っきぃー。ねーねーウィズ、これ倒したら終わり？」

「ああ。思い切りやっていいぞ」

「よーし……」

シアは両手を天に掲《かか》げた。

風属性の魔素を操り、長さ二Mほどの風の槍をいくつも作り出す。

その一つ一つがかなりの威力を秘めていることがわかる。

「えいっ！」

シアが両手を振り下ろすと、風の槍がまとめてオークキングに殺到する。

オーク集落全体が衝撃に揺れた。

「どうかなーやったかなー？」

「いいことを教えてやろうシア。そういうことを言ったら敵が起き上がってくる」

「へ？　……あ、ほんとに起き上がってきたー！」

オークキングは大量の風の槍を全部食らいながら無傷だった。

さっきシアが放った風の槍は、それぞれ精鋭オークを一撃で倒せるほどの威力があったんだが……さすがにギルドに危険視されているだけはあるな。

『グルァアアアアッ！』

「いだぁ!?」

怒り狂ったオークキングがシアに突撃する。

反撃の蹴《け》りを食らって吹き飛ばされ、シアがこっちに転がってくる。

シアは俺のそばで停止すると、がばっと跳ね起きた。

「いたいー！　ねえねえウィズ見た今の！　シアの魔術がぜんぜんきかない！」

「ええいうるさい、お前はもう少し落ち着いて戦えんのか！」

オークキングの蹴りを食らって平然としているのはいいが、俺の使い魔なんだからもう少しクールでスタイリッシュに戦えないものだろうか。

焦《じ》れたようにシアが訊いてくる。

「あーもーウィズー、あいつ強ーい。竜の姿で戦ってもいい？」

俺はいちおう周囲に誰かいないか確認しつつ、首を縦に振る。

「まあ、人の目がない場所だから構わんが……それで勝てるのか？」

「いけると思うー！　それじゃあ変身するね」

そう言うとシアは全身を発光させ、幼女の状態から空色の飛竜へと姿を変えた。

変身に伴《ともな》って衣服も破れそうなものだが、そこはユグドラ師匠から譲《ゆず》り受《う》けた腕輪の効果できちんと保存されているので問題ない。

『グォッ……？』

オークキングが動揺《どうよう》したように呻《うめ》く。

人間の小娘だと思っていた相手がいきなり竜に化けたのだから、驚くのも無理はない。

『いっくよー！』

竜の姿になったシアは翼を轟然と薙ぎ、地表ぎりぎりの低空飛行で接近戦を仕掛ける。要はまっすぐ突っ込んでいるだけなんだが、そのスピードが尋常じゃない。

どうやら竜状態のシアの身体能力は、人間の状態とは比べ物にならないらしいな。

『どーん！』

『ゲボァアッ!?』

超加速からの頭突きによって、オークキングが紙きれのように吹き飛ばされた。

オークキングの巨体が宙を舞い、はるか後方の木に叩《たた》きつけられる。

『グォ……オォ……』

オークキングはどうにか立とうとしているようだが、それも間に合わない。

一撃で大ダメージを負ったオークキングに向かって、シアがぱかりと口を開けた。口の奥に超高密度の風属性の魔力が渦巻いている。

『とどめー！』

シアの咆哮とともに、風属性のブレスが吐き出された。

『グギャアアアアアアアアアアアアアアアアアアッ‼』

オークキングはブレスに呑《の》み込まれ、一瞬で吹き飛ばされた。

バラバラの残骸《ざんがい》がその場に転がる。

『シアの勝ちー！』

竜の姿のままふんぞり返ってシアが勝ち誇っている。

オークキングも決して弱い相手ではなかったが、シアがそれ以上に強かったな。魔力量や身体能力が人間に化けている時とは段違いだった。

なるほど。これがシアの真の実力というわけか。

もしかしたら、シアは人間の姿では本気を出せないのかもしれないな。

「ねえウィズ、これで町の見物させてくれる⁉」

目を輝かせてシアが尋ねてくる。

人間の姿に戻っているあたり、観光する気満々なのが伝わってくる。

「無論だ。俺は約束を守る男だからな。だが、その前にギルドに報告しに行くぞ」

「はーい！」

◇　◇　◇

『『……なんじゃこりゃあああああああああああ――――っ!?』』
冒険者ギルドの修練場に驚愕の叫びが響き渡った。
「見ればわかるだろう。フロウ森林で狩ってきたオークどもの死骸《しがい》だ」
俺が言うと、その場の冒険者やギルド職員たちはそろってこっちを見てくる。
『またあいつか！』
『なんか前にもこんなことなかったか？』
『いや、キラーアントとは比べ物にならねえだろ……』
心なしか怪物を見るような目をしている気がしなくもない。

フロウ森林でオークキングを討伐した後、俺とシアは狩ったオークたちの死骸を可能な限り回収し、【疑似転移】で死骸の山ごとソノクの町の冒険者ギルドに戻ってきた。

回収したオークの死体は二百五十体ほどだろうか。

「んー？　シアたちなんか注目されてるー？」

「大方このオークの死骸の数に驚いているんだろう」

「えー、ほんとはもっと倒してるのにねー」

シアが言うように、回収できたオークの死骸は全体の七割ほどだ。

シアの強さを知るのが優先だったから、倒し方も雑だったしな。

そんなことをシアと話していると、ギルドから人影が近づいてくる。

「ウィズ君。君は毎度とんでもないことを平然とやってのけるね……」

「おお、ギルドマスター」

ギルドマスターはオークの死骸の山を見上げ、それからその隣に転がっているものを見た。

「これってまさか――」

「ああ、オークキングの首だ。すまんがちょっと細かく切りすぎてしまった」

竜化シアのブレスを食らったオークキングの体はバラバラになってしまった。

これでは毛皮なんかの素材を取ることはできないだろう。

「いやそんな料理のミスみたいな……というか、オークキング？　本当にあのオークキングを倒したの⁉」

「だからそう言っているではないか。ほら、この牙のあたりに面影があるだろう」

「まだウィズ君たちが出発してから二時間も経ってないんだけど……？」

「【疑似転移】を使えばフロウ森林まで一瞬で行けるんだから、不思議ではあるまい」

「あのねウィズ君、それは一般的には不思議の範疇《はんちゅう》に入るんだよ」

ギルドマスターが半ば呆れたように言う。

特別ですまんな。

「まあ、さすがウィズ君だよ。まさか本当にたった一人でオークキングを討伐するとは思わなかった。しかも群れのオークたちまでとは恐れ入るよ」

「いや？」

「え？」

俺は隣のシアの頭をぽんと叩いた。

「オークキングを倒したのは俺ではなくこいつだ」

「そうだよー」

ギルドマスターはシアをまじまじと見てから、「えええええええっ⁉」と驚愕の声を出した。

「これが今回の報酬《ほうしゅう》だ、ウィズ君」

なんかとんでもなく重い革袋を渡された。

「ギルドマスター。これ、いくら入っているんだ」

「通常オーク二百二十体と上位オーク二十四体の素材買い取り、さらにオークキング討伐報酬を合わせて二千八十万リタだね」

「……またえらい大金だな」

キラーアントを巣ごと潰《つぶ》した時の五倍以上ではないか。

「本来なら百人近い冒険者たちに分配するはずだった報酬金を、君たち二人で総取りだからね……まあ、帰り道気をつけてくれ」

「無論だ。盗賊に襲われてもうっかりやり過ぎないよう心がける」

「うん、そこで自分じゃなくて物盗りのほうを心配するのがウィズ君らしいよ」

呆れたように言いつつ、ギルドマスターが書類を取り出す。

「それで、こっちが討伐証明書。ギルマスの印も押してあるから、このまま魔導会議に提出して構わないよ」

「用意がいいな」

「なんとなくこうなる気がしてたからね……」

どこか疲れたような笑みでそんなことを言うギルドマスター。

どうやら、この男も俺の常人と一線を画《かく》す天才っぷりに慣れてきたようだ。

「それとこれも進呈《しんてい》するよ」

「む？　なんだこれは……Sランクのメダル？」

渡されたのは、純金で作られた冒険者のランクを示すメダルだった。

「その通り、Sランクの冒険者証さ！　オークキングを倒したうえに、前の依頼で〔黒食み〕まで捕縛したとなれば不満に思う冒険者もいないはずだよ」

ああ、そういえばごたごたしていてあの盗賊討伐依頼の報告も済んでいなかったか。

どうやらその件での功績も含めて、俺は現在のBランクから一気に昇格する権利を得たようだ。

俺は〝S〟と彫《ほ》られた純金製のメダルを数秒眺《なが》めた後――

「ではこれは返却する」

「えっ？」

「いや、『えっ？』ではない。〔黒食み〕の件はともかく、オークキングを倒したのは俺ではなくシアだぞ。俺が出世するのはおかしいだろう」

実際のところシアは俺の使い魔なので、シアの功績は俺のものでもあるのだが……シアを人間と偽《いつわ》っている以上はその理屈は通らない。

俺がそう言うと、ギルドマスターは「言われてみれば」という顔をした。

「そんな……せっかくSランクの仕事を任せられる相手ができると思ったのに……」

何やら悲痛な声でそんなことを呟いている。

まるで貧乏くじ以外の何物でもないSランク冒険者の仕事を押し付けられる相手ができると思ったのに裏切られた、とでも言いたげだな。

「何と言われても俺は他人の手柄は受け取らんぞ。出世は自分の力で成《な》し遂《と》げる」

「そうだね……結構な心意気だよ……はぁ」

ため息を吐きながら、「それじゃあこっちだね」とギルドマスターはAランクのメダルを寄越してきた。

こちらは純銀製で実に俺好みの一品だった。悪くない。

「ではギルドマスター、Aランクとなったこの俺を今後もよろしく頼むぞ」

「可及的速《かきゅうてきすみ》やかにSランクに上がることを祈ってるよ。それと、妹さんの冒険者登録はしないのかい？」

ギルドマスターの言う妹とはつまりシアのことだ。

「なにー？　シアのこと呼んだ？」

「この子は単独でオークキングを倒すほどの実力なんだろう？　冒険者として大成すると思うよ」

「ふむ」

悪くない話かもしれない。

冒険者になれば身分証代わりのメダルがもらえる。シアが人間として行動するうえでは何かの役に立つだろう。

冒険者になったことで何か制限を受けるわけでもないし……

「よしシア、お前は今日から冒険者だ」

「わかったー」

「よしきた。それじゃあこの書類に署名を頼むよ」

ギルドマスターから登録用の書類が渡された。

当然シアは字など書けないので、俺が代筆する。

……暇《ひま》を見つけてシアに読み書きを教えたほうがいいかもしれんな。

「よし、これで登録完了だ。最初のランクはCにしておくよ」

「へー。それってすごいの？」

冒険者証のメダルをもらってシアが他人事のように言う。

Cランクといえば俺の初期ランクと同じだ。さすが俺の使い魔というところだな。

「それよりウィズ、町！　町見たーい！　後お腹減った！」

「わかったわかった。ではまた来るぞ、ギルドマスター」

ぐいぐい腕を引いてくるシアに辟易《へきえき》しながら、俺は冒険者ギルドを後にするのだった。


というわけで、しばらくシアにソノクの町を観光させていたわけだが。

「ねえねえウィズー、今度はあっち行きたーい！」

「ええい、少し落ち着けんのかお前は……ん？」

シアに付き合っている途中、ふと俺宛に【通信《テレパス》】がかかっていることに気づいた。

誰からだ？

普通に考えればユグドラ師匠だが、何か用件でもあるのだろうか。

そんなことを考えながら通信に応じると――

『やあ、ウィズ君。久しぶりだね。私のことは覚えているかな？』

通信に映っているのは、桜色の髪を肩あたりで切り揃えた、見た目二十代前半くらいの女性だった。

意外に思いつつ俺は尋ねる。

「イリスではないか。俺に何か用か？」

イリス・ヴィア・エイゲート子爵《ししゃく》。

俺が治癒《ちゆ》・浄化魔術を教えたサーシャの母にして、エイゲート領主ゴードンの妻だ。

元軍人の一級魔導士で、今でも領地の平和維持に貢献《こうけん》している。

『忘れられていなくて何よりだ。実は、君たちがフロウ森林のオークキングを倒してくれたと聞いたからお礼を言いたくてね。ほら、フロウ森林はうちの領地だから』

「ああ、そういうことか」

そういえば、ソノクの町もフロウ森林もエイゲート領だった。

「別に構わんぞ。こっちにも目的はあったし」

『そう言ってもらえると助かるよ』

「それに、あの程度の相手ならお前が行けばなんとかなっていただろう」

一級魔導士のイリスが討伐に乗り出せば、別に俺たちがいなくても討伐自体はできていたような気がする。

『そう言ってもらえるのは嬉しいけど……なかなか最近は忙しくてね』

苦笑しながらそんなことを言ってくるイリス。

「なんだ、トラブルでも抱えているのか？」

『いや、トラブルというわけでもない。ああそうだ、それと関連することでウィズ君に一つ話があるんだ』

「話？　俺にか？」

『うん、君に。よければ近いうちに直接会って話せないかな？　ウィズ君にとっても悪い話じゃないと思うよ』

一体イリスが俺になんの話があるというのだろう。

「まあ、わかった」

『ありがとう。しばらくヤーチェの街の屋敷にいるから、時間の空いた時にでも来てくれ』

それも了承して、通信を切る。

視線を下げるとなぜかシアが目を輝かせている。

「……なんだ、シア」

「ウィズお出かけするの？　ヤーチェってここじゃないよねー、他にも町があるの？　どんなところなの？　シア興味ある！」

……。

第三章　イリスの頼み事

「初めましてーシアだよー！　よろしくねイリス！」

「……ええっと、ウィズ君？」

「……すまん。ついてくるといって聞かなくてな……」

翌日。

イリスに会うためエイゲート邸を訪《おとず》れたわけだが、開口一番シアが元気よく挨拶したせいで呼び出し相手が困惑している。

「紹介しておこう。妹のシアだ」

「妹……？」

イリスは訝《いぶか》しそうにシアを見る。

「妹、ね」

「……なんだ」

「いや、まあ、君がそう言うなら私は何も訊かないさ」

何か含みがあるような素振《そぶ》りだが、特に突っ込んでくることはなかった。

わけありと察して見逃してくれている気がしなくもない。

「すごーい！　建物広ーい！　ねーねーシアここ見て回りたい！」

シアはエイゲート邸の建物に興味を持ったようだ。

「あのな。俺たちはイリスに話があるからと呼び出されているんだぞ」

「じゃあウィズとイリスがお話ししてる間にシアがここを見るのはー？」

ふーむ。

シアはいても話し合いの間暇そうにしているだけだろうし、エイゲート邸の人間であれば見知った相手ばかりだ。

普通の街中と違って、魔族とバレても最悪言いわけさせてくれるはず。

「イリス、悪いがこいつに屋敷の中を見せてやってもいいか」

「構わないよ。そういうことなら案内役をつけようか」

そう言うと、イリスはそばにいた使用人にシアの案内を申し付けた。話が早くて助かる。

その案内役に連れられて、シアが屋敷の中庭のほうに出ていく。

俺はイリス本人について応接室へ。

「なかなか個性的な妹さんだね」

「俺としては不本意なんだがな……」

「そんなことを言っては妹さんが可哀そうだ。まあ、それはそれとして、改めてオークキングを討伐してくれてありがとう」

俺は肩をすくめた。

「それは俺じゃなくシアに言ってくれ。オークキングを倒したのはあいつだ」

「あんな小さな子が……!?」

「フッ、あんなでも俺のつか——妹だからな」

「そうか。そういうことなら後で彼女にもお礼を言わなくてはね」

本人は今屋敷を見て回れているだけで満足していそうだが。

「そういえば、サーシャやゴードンはいないのか？」

この応接室にいるのはイリスと俺だけ。

サーシャはともかく、いつもなら領主であるゴードンはこの場にいそうなものだ。

「夫は今仕事がちょっと忙しくて、領地を空けているんだ。サーシャはその手伝いだね」

「ほう」

サーシャが領主の仕事の手伝い……そういえばあいつは子爵令嬢だった。

あまりに貴族っぽくないせいですっかり忘れていた。

「なんだいウィズ君、もしかして娘に会えなくて寂しいのかな？」

「いきなりなんの話だ」

「娘もウィズ君のことを気に入っているようだし、ウィズ君さえその気なら私も夫も迎え入れる準備はばっちりだからね。平民だからといってなんの問題もないとも」

「本当になんの話をしているんだ」

まあサーシャは俺が友人と認める数少ない相手なので、顔くらい見ておきたかったのは事実だが。

「で、俺に話というのは？」

「ああそうだった。うん、単刀直入に言うけど――ウィズ君、君レガリア魔導学院の教師になる気はないかな？」

俺は最初、イリスが何を言ったのか理解できなかった。

……俺が教師？　あのいけ好かない貴族揃いの魔導学院で？

「絶対に嫌だ」

「まあそう言わず。どこから話そうか……ウィズ君はうちが伯爵家になったことは聞いてるかな？」

「何？」

エイゲート家は子爵家だったはず。いつの間に出世したんだ？

「前回の魔導会議で、隣の領主――リケン伯爵が貴族の位を失ってね。君にはレガリア魔導学院の元学院長、と言ったほうがわかりやすいかな」

「ああ、それは聞いている」

シアを使い魔にした後、ゴードンから魔導会議の結果について連絡があったのだ。

俺を退学に追い込んだ元学院長の末路についても、その時に聞いた。

なんでも公衆《こうしゅう》の面前で失禁しながら気絶したらしいな。いい気味だ。

「で、リケン伯爵家の没落によって旧リケン領を他の領主が分割管理することになったんだけど……そこでうちの名前が挙がった。領地も隣だし、リンドの街の復興に力を貸したことが評価されてね。そんなわけで、旧リケン領の大半をエイゲート領に加えることになった。領地が増えたことで、うちは子爵家から伯爵家にランクアップを果たしたというわけさ」

ほう。そんなことになっていたのか。

「別にゴードンは出世のために旧リケン領の復興作業をしていたわけではないと思うがな」

「ふふっ、そのお人好しさが夫の美点さ。本人は『僕は伯爵の器じゃないと思うんだけどなあ……』なんてぼやいてるのがまた愛しくてね」

まったく私が支えてあげないと不安なんだからなあ、とどこか嬉しそうに言っている。

なんだ？　惚気《のろけ》か？

まあゴードンがお人好しなのは同意だが。

「ということは、今のお前はイリス・カウン《伯爵》・エイゲートというわけか」

「そうなるね」

家格を示すミドルネームを訂正して呼び直すと、イリスは頷いた。

「それがどうして俺が教師になるなんて話につながるんだ」

「ああ、簡単な話さ。リンドの街を含む旧リケン領がうちの領地になった関係で、私が新しいレガリア魔導学院の学院長になったんだ」

「初耳だな」

リケン伯爵がいなくなったのだから学院長が空席になるのはわかるが、次の学院長がこんな身近な人物だとは。

まあ、適性で言えば前学院長よりはるかに上だろう。

「クビになったのは学院長だけじゃない。ジルダの一件で、多くの教員が不適格とされ解雇《かいこ》された。つまり今のレガリア魔導学院には教員が足りないんだよ。そんなわけで、新しい学院長になった私は一人でも多く有能な教師を確保したいんだ」

なるほど。そういうことか。

「それで超天才魔導士である俺に声をかけたわけか。自然な流れだな」

「いちおう言っておくとウィズ君、ここは謙遜《けんそん》するところだよ」

有能な魔導士を探すのであれば治癒関連を除き（※偉大《いだい》なるユグドラ師匠の存在のため）、あらゆる基準で大抵最上位は俺だろう。イリスが俺を勧誘するのも当然といえる。

「君は以前サーシャに治癒と浄化の無詠唱を教えてくれた。そんな教育技術を持つ君なら、教員にぴったりだと思ったわけさ」

イリスがそう言って選考理由を補足してくる。

ふむ。事情はわかった。

「だが断る」

「あ、あっさり断らないでくれよ。まだ条件も言ってないのに」

「俺は貴族が嫌いだ。ついでにレガリア魔導学院にはろくな思い出がない」

元学院長やリックたちのせいで退学させられたことを含め、平民の俺は魔導学院でさんざん嫌な思いをしてきたのだ。

何が悲しくてそいつらの成長に力を貸さねばならんのか。

「そうは言ってもウィズ君、君にとって悪い話じゃないはずだよ」

「どこがだ」

「君の目標は功績を上げて〈賢者〉になることだ。だけどそれは現状だと難しい。理由は二つ。一つは君が魔族を倒してしまったことだ」

「……？　それの何がまずいんだ。現に俺は四級に上がったぞ」

イリスは首を横に振る。

「確かに四級には上がったね。けど次はどうするんだい？　四級に上がった時に魔族を倒した以上、三級に上がる時はさらに高難度の功績を求められるよ」

「は？　な、なんだその理屈は！」

三級は四級より上。だから三級になるには四級になった時よりもより大きな実績が必要になる。

納得できなくはないが……その理屈だと、俺は三級に上がる際にジルダ討伐以上の功績を上げなくてはならないことになってしまう。無理難題もいいところだ。

「屁理屈もいいところだけど、今回の昇級にはそういう思惑もあるんだよ。実際、前回はあんなに反対された君の昇級も、今回はあっさり通ったらしいからね」

「き、貴族どもめ……」

なんというタチの悪いことをしてくれるんだ。魔族ジルダに匹敵《ひってき》する獲物《えもの》などそうそう見つかるわけがないだろうが！

「もちろん小さな功績をたくさん積み上げて昇級することも可能だけど、時間がかかる。オークキングのような〝そこそこ〟の相手でも、そうそう湧《わ》くわけではないからね」

「……だから教員として優秀な結果を出して功績の足しにしろと？」

「うん。それが理由その一だ」

確かに、前回五級に上がった時もサーシャに魔術を教えたことがプラスに働いてはいたようだが……

「もう一つの理由は、魔導会議における君の味方の少なさだ。支持する貴族がうちだけというのはあまりに心もとない」

「伯爵に上がっていてもか？」

「そうだね。公爵だの侯爵だのに反対されたらどうにもならない」

「むう……」

そうなると、功績を上げても昇級できない可能性すらあるのか。まったく面倒な話だ。

「けど、教員になって生徒たちに信頼されれば、その親である貴族たちを味方につけられるかもしれない。悪い話じゃないだろう？」

確かに、レガリア魔導学院は名門だけあって大貴族の子女がそろっている。

味方につけられれば、魔導会議での俺の扱いも変わってくるだろう。

イリスの言うことも理解はできるが……

「やはり気が乗らんな。要するに、あのクソガキどもに媚《こび》を売れということだろう。そんな屈辱《くつじょく》はまっぴらごめんだ」

それなら苦労してでも自分で功績を上げたほうがマシである。

イリスは首を横に振った。

「違うね、ウィズ君。君は勘違いしているよ。媚を売るんじゃない——心酔させるんだ。君の冴えわたる教育の手腕で」

「なん、だと……？」

「想像してごらん。君のすばらしい叡智《えいち》に導かれて成長した生徒たちの姿を。君を目の敵にしていた貴族子女たちが、手のひら返して『ウィズ様万歳！』『ウィズ様最高！』と喝采《かっさい》を上げる姿を！」

「——！」

イリスの言った通りの光景が脳裏に描かれる。

それは——それはなんとすばらしい世界だろうか！　痛快極まりない！

俺は大いに頷いた。

「お前の言う通りだ、イリスよ。俺は考え違いをしていた。媚を売るのではなく心酔させる。それならなんの不都合もない」

「わかってもらえて何よりだよ。ということは、この話は受けてもらえると考えていいのかな？」

「フッ……」

俺は立ち上がり、特に意味もなく悠然《ゆうぜん》と応接室を歩き回った後勢いよく両手を左右に広げた。

「――いいだろう、イリスよ！　この俺が教育の神髄《しんずい》というものを見せてくれる！」

「……う、うん。期待しているよ」

やや引きつった顔のイリスのそんな言葉で、めでたく俺はレガリア魔導学院の教師に就任したのだった。

……後から考えると、うまく言いくるめられたような気がしないでもない。

第四章　着任式

そして時は流れ、俺が正式にレガリア魔導学院の教師となる日がやってきた。

ユグドラ師匠が寂《さみ》しそうに言う。

「ウィズよ、本当に行ってしまうのか？」

「大丈夫ですよ師匠。今の俺は【疑似転移】を使えますから、いつでも帰ってこれます」

「ウィズがそう言うなら仕方ないのう（ぎゅううう）」

「師匠、言ってることとやってることが違います」

全力で抱き締めながら言うような台詞ではないと思う。

「楽しみだねー早く行きたいなー〝がっこう〟ってどんなところなのかな」

「シア、お前は少しは落ち着け」

そわそわしているシアに苦言を呈《てい》しておく。

学院にはシアも一緒に行く。

魔導士階級章には使い魔を格納する機能があるので、学院にいる間シアはそこにいてもらうつもりだ。暇を見つけて街や学院内を見物させてやろうと思っている。

階級章の力を使い、シアをその中に入れる。

これでシアは俺の許可なくして実体化することができなくなる。

「では、行ってきます、師匠」

「うむ。気をつけるのじゃぞ」

師匠に見送られつつ、いざレガリア魔導学院へ！

転移先はイリスのいる場所だ。

この時間には、レガリア魔導学院の学院長室にいる手はずになっている。

そこで他の新人教師と顔合わせを済ませ、着任式に参加するのだ。

さて、レガリア魔導学院の学院長室に着く。

「久しぶりだな、イリス——と、サーシャ？」

「久しぶりだね、ウィズ君」

「ウィズ様こんにちはー」

学院長室にいたのは、イリスとサーシャの二人だった。

新学院長のイリスはともかく、なぜサーシャがここに？

「実はわたしも、今日からこの学院の先生になることになったんです」

「そうなのか？」

「はい。授業をするような先生じゃなくて、養護教諭ですけどね」

「せっかく無詠唱で治癒魔術を使えるんだ。適任だと思ってね」

サーシャの言葉をイリスがそう補足する。

「サーシャはゴードンの仕事を手伝っていたのではなかったか？」

「そっちはクレスが頑張ってくれてます。本当はわたしもいたほうがいいんでしょうけど……ウィズ様と一緒に働けるって聞いて、こっちに来ちゃいました」

にこにこと笑いながら、サーシャがそんなことを言ってくる。なんと健気なのだろう。

そんなサーシャを見て、イリスがにやりと笑う。

「サーシャは本当にウィズ君を気に入ってるね。ウィズ君、君はどう思うかな？」

「俺の一番弟子としてすばらしい心構えだ」

「あ、そういう認識になるんだね」

「わーい、褒められちゃいました」

「サーシャもそれでいいのかい……？　いや、まあ、仲がいいのはいいことだけどね」

なんだかイリスが釈然《しゃくぜん》としない顔をしている。どうかしたのだろうか。

「とりあえず、着任式までもう少しある。待機用の部屋で、他の新人教師と自己紹介でもして待っていてくれるかな？」

「わかった」

「はーい」

イリスから待機用の部屋の場所を聞き、俺とサーシャは学院長室を出た。


廊下を歩きながらサーシャに話しかける。

「他の新人教師か。どんなやつだろうな」

「わたしも聞いてないんです。あ、でもわたしたち含めて三人だそうですよ」

ということは後一人か。

俺やサーシャと同等の人材がそういるとも思えないが、まあ少しは期待しておこう。

そうこうしているうちに、待機用の部屋に着いた。俺は颯爽《さっそう》と扉を開け放つ。

さて、もう一人の新人教師とやらはどんなやつだろうか？

俺は部屋の中を見回し――

「……」

「……」

中にいた黒髪の女を見て俺は言葉を失った。

こちらに気づいた向こうも同様に目を見開いている。

「「──なんでお前（あんた）がここにいる（のよ）⁉」」

思わず同時に叫んでしまった。

応接用のソファに腰かけていたのは、〈剣聖〉門下の公爵令嬢、エンジュ・ユーク《公爵》・グランジェイドだった。

なんということだ……なんということだ……

「この野蛮令嬢が俺の同僚だと……？　一体これはなんの冗談だ……⁉」

「こっちの台詞よ！　ああもう、伝統あるレガリア魔導学院の教師としてこんな馬鹿を雇うなんて、学院長は何を考えてるわけ⁉」

信じがたい屈辱だ。今すぐイリスに抗議してやろうか。

やれやれ、と俺はため息を吐いた。

「まあ、なってしまったものは仕方ない。未来の〈賢者〉たる俺とともに働けることを泣いて感謝することだな」

「何が〈賢者〉よ身の程知らず。あんたがなれるならそこらの犬でもなれるわよ」

「ジルダ戦では完全に脇役だったくせに偉《えら》そうに……！」

「四級魔導士ごときが一級魔導士の私に盾突いてんじゃないわよ……！」

「やっぱりお二人は仲がいいですねえ。一緒に働けて嬉しいです」

至近距離で睨《にら》み合う俺とエンジュを見て、サーシャがそんなことを言っている。

こいつの頭の中ではきっと花が咲き乱れているんだろう。

「というかエンジュ、お前はどうして教師なんてやろうとしているんだ？〔剣聖〕一門《クラン》は教育にそこまで力を入れているわけではないだろう？」

「……まあ、一門そのものはね。けど私は一門の高弟《こうてい》として、後進を教育するための技術を修める必要があるの。私が教師になったのは師匠の指示でもあるわ」

「なるほど。そういうことか」

この女の実力はそれなりのようだし、一門の中で高い地位にいるのは頷ける。〔剣聖〕一門は実力を重視すると聞くしな。業腹だが、イリスに勧誘されたのも納得できなくはない。

今度はエンジュが質問する。

「サーシャ、あんたって新学院長の娘なのよね？」

「はい」

「新人教師が三人ってのに驚いてるんだけど……どう考えても魔族ジルダのいざこざでもっと教師が辞めてるでしょ？　人数が合わないと思うけど、そのへん何か聞いてない？」

魔族ジルダの一件で、学院長を始め、このレガリア魔導学院の教師たちは十数人が放逐《ほうちく》されている。臨時講師である程度を埋めるにしても無理がある人数だ。

「うーん……お母様は他にも先生の当てがあると言ってたので、そのうち新しい方が来るんじゃないでしょうか」

「どんな人間か聞いてる？」

「いいえ。あ、でも、お母様は新人教師に〝一定以上の実力があること〟を求めるそうですので、きっと立派な方だと思います」

「立派な方ねえ……」

「おいエンジュ。なぜ俺を見る」

「別になんでも。次に来る教師がまともな人材であることを祈るわ」

「こっちの台詞だ」

まったく、俺のどこがまともでないというのか。確かに実力は常識の範囲外だが、人格はきわめて良識的だというのに。

そんな感じでお呼びがかかるまでの間、俺たちは適当に雑談をして過ごすのだった。

◇　◇　◇

イリスに呼ばれた俺、サーシャ、エンジュは現在講堂の舞台袖で待機している。

壇上《だんじょう》にいるイリスに呼ばれたら出ていき、生徒の前で着任の挨拶をするのだ。

『それではまずはエンジュ君、挨拶をお願いするよ』

『わかりました』

拡声魔術を用いたイリスに呼ばれ、最初にエンジュが舞台の中央に立つ。

途端《とたん》、ワアアアアア——————！　と歓声が上がる。

さすがは腐《くさ》っても〔剣聖〕門下にして一級魔導士。

生徒たちには人気があるようだ。

『では次だ。サーシャ、挨拶を』

『はいっ』

次に呼ばれたのはサーシャ。

エンジュの時ほどではないが、生徒たちの間から好意的なざわめきが漏《も》れる。

外見の可愛らしさ、回復魔術や解呪魔術が無詠唱で使えるという実力が生徒受けにつながっているようだ。

『最後はウィズ君、お願いするよ』

『いいだろう』

とうとう俺の番が来た。

俺は悠然と舞台の中央に進み出て、華麗《かれい》に九十度のターンを決める。

ローブの裾は漆黒の弧を描き、交差させた両手の奥からは俺の知性溢れる瞳が覗《のぞ》く。

「……なんか馬鹿が馬鹿なポーズを決めているんだけど」

「しー、ですよエンジュさん。今いいところなんですから」

「どこがよ……」

何やら後方から呆れ声のようなものが聞こえてくるが、今は無視だ。

計算に計算を重ねた完璧な登壇《とうだん》。

それを見て心を震《ふる》わせているであろう生徒たちに向かい、俺は拡声魔術を使って語りかける。

『喜ぶがいいひよっこ魔導士どもよ。この俺、ウィズ・オーリアが貴様らに魔術の手ほどきを――』

「「――ふざけんなあああああああああっ!!」」

まさか声を揃えて抗議されるとは思わなかった。

『なんだ貴様ら！　俺が魔術を教えてやるというのに何が不満だというんだ！』

「お前、こないだまでここにいた平民だろ！」

「中退になったくせに何が先生だ！」

「帰れ！　無能な平民は帰れ！」

こ、このガキども……！

あまりの反発にもはや挨拶どころではない。

俺に魔術を教わるというのは、貴族の子どもたちにとっては認めがたいことのようだ。

まあ、この程度は予想の範囲内。

俺は生徒たちの抗議が収まるのを待ってから、静かに口を開く。

『確かに俺は平民だ。お前たちが反発するのもわかる。だが――誰が魔族ジルダを討伐した？』

ぐ、とさっきまで声を上げていた生徒たちが黙る。

『魔族ジルダがこの学院に攻め込んだ時、他の教師たちは役に立ったか？　いいや、連中は結界に閉じこもって身を守ることしかできなかった。だが俺はたった一人でジルダを倒した。それでもまだ、俺が教師にふさわしくないと言えるか？』

今度は生徒たちから反論は上がらなかった。

魔族ジルダの一件は、生徒たちの多くが目撃している。ゆえに、俺の圧倒的な実力を否定することは絶対にできない。

フッ……また論破してしまったか。

他愛《たあい》ない。やはり生徒などまだまだ子どもということだ。

『――生徒の言うことにも一理ありますな』

俺が自らの知性を再確認していると、今度は壁際で待機している男性教師の一人が声を上げた。

髪を剃《そ》り上げている大柄な男だ。

レガリア魔導学院の教師陣は、ジルダ襲撃の一件により大勢が解雇され、その顔ぶれを大きく変えているが、あの男には見覚えがあった。確か上級生の魔術戦闘を受け持っていた人物だ。

ちなみに名前は知らない。

とりあえず適当に呼ぶとしよう。

『どうした、輝ける頭部《シャイニングヘッド》。何か用か？』

『不本意な呼び方はやめろ！　儂はグレゴリー・カウン・ハルバードだ！』

どうやらあの髪を剃り上げた男性教師は、グレゴリーというらしい。

イリスがグレゴリーに声をかける。

『ハルバード教諭。ウィズ君の雇用については、事前の職員会議できちんと話し合ったはずだ。今さら蒸し返すのはいただけないな』

『はっ、あの時も儂は賛成などしておりません。学院長になったからといって、身勝手な振る舞いをしてもらっては困りますな。この学院には、この学院に長くいた者だからこそわかる不文律というものがあるのです』

『まだそんなことを言っているのか……！』

『当然でしょう。儂はあなたのことを含め、今回の人事に何一つ納得していないのですから』

そう言ってグレゴリーはイリスを睨みつけた。

……ん？　今のやり取り、少し妙じゃなかったか？

あの二人、何か別件でしがらみでもあるんだろうか。

俺が訝しんでいると、グレゴリーはイリスから視線を外し、生徒たちに声を張った。

『いいか！　魔導学院とは、貴族から貴族へ、魔導のなんたるかを教える崇高な場所！　平民が足を踏み入れていい道理はない！　生徒諸君よ、そうは思わんか！』

「「「……！」」」

すると最初は戸惑い交じりに、しかし徐々に大きく賛同の声が響き始める。

「そうだ！　平民は出ていけ！」

「貴族の学び舎に土足で踏み入るなんて無礼だと思わないのか！」

「田舎に帰れ、身のほど知らず！」

グレゴリーの言葉に生徒たちも同調し、講堂の中はいよいよ収拾がつかなくなってきた。

……面倒なことになった。

せっかく沈静化させた俺への反感が、グレゴリーの扇動《せんどう》のせいで再燃している。

『ハルバード教諭、それは以前までの話だ。魔族が復活しうるとわかった今、必要なのは生徒たちの自衛のための力。そのためには立場ではなく、実力で教師を選ぶべきなんだ』

『実力？　魔族ジルダを倒したことを言っているなら、それは買いかぶりでしょう。ジルダは復活直後で本調子ではなかったはず。儂がその場にいれば儂が倒していた』

『あくまでウィズ君のことを認めないつもりか……！』

グレゴリーは確か、この学院に相当長く勤めていたはずだ。

そのため学院内での信頼がある。

一方、イリスは学院長でこそあるもののまだ就任したばかりであり、グレゴリーを完全に抑え込むのは難しい。

さて、どうしたものか。


『では、こういうのはどうでしょう？　オーリア君とハルバード先生が勝負をするのです』

不意に第三者の声が響き渡る。

声を発したのは、眼鏡をかけた穏《おだ》やかそうな男性教師だった。

イリスが眼鏡の教師に尋ねる。

『……リリアス教諭。勝負とは？』

『オーリア君とハルバード先生が教師としての腕を競うのです。期間を決めて、彼らには生徒を指導してもらう。その後生徒たちに模擬戦をさせ、その勝敗でオーリア君の今後を決める。そうすれば誰からも不満は出ないでしょう』

俺の教育者としての実力を示せ、というわけか。

『ははは、リリアス殿はいいことを言う！　学院長殿、それでいいではないか！　儂が勝てば魔術は儂が教えよう！』

グレゴリーは乗り気だ。どれだけ俺を追い出したいんだ。

『何度も言っているが、ウィズ君の採用は決定事項だ。今さらそれを覆《くつがえ》すのは――』

『いや、その提案を受けよう』

俺はイリスの言葉を遮りそう告げた。

こんな調子では、生徒たちも俺の言うことなどろくに聞かないだろう。

それなら実力を見せつけたほうが手っ取り早い。

『……ウィズ君、本気で言っているのかい？』

『ああ』

賢者哲学その三――いついかなる挑戦でも受けて立つ。

教育という分野であろうと、俺が信条を曲げることはない。

『かかってくるがいい、グレゴリー。貴様のプライドを粉々に打ち砕いてやる』

『調子に乗るなよ平民風情がァ……！』

憎々しげに俺を睨み返してくるグレゴリー。

イリスはやや複雑そうだったが、リリアスとやらの意見を採用することにしたようだ。

『……わかった。それじゃあ、生徒を分けよう。まず、参加するのは一年生のみ。そのほうが成長の度合いがわかりやすいからね』

ふむ。一年生のみか。

成長がわかりやすい、というのは同意するが……レガリア魔導学院の一年生というのは、俺が退学するまで同学年だった生徒たちのことでもある。

正直ろくな思い出はないが、まあ贅沢《ぜいたく》も言っていられないか。

『生徒の半数ずつをウィズ君とハルバード教諭に担当してもらう。期間は半月。その後それぞれが受け持った生徒たちに模擬戦をしてもらい、勝敗を決める。それでいいかい？』

俺とグレゴリーはそれぞれ頷く。

『では、二人とも期限まで、存分に教師としての腕を振るってくれ。――以上で着任式を終了する』

イリスのそんな言葉で着任式は幕を下ろすのだった。

◇　◇　◇

「すまない、ウィズ君。君をスカウトしたのは私なのに、こんなことになるとは……」

着任式の後、俺は学院長室に呼び出された。

イリスは申しわけなさそうに頭を下げてくる。

「気にするな。それにグレゴリーが異議を唱えた時、俺を庇《かば》おうとしてくれただろう？　それで十分だ」

「……そう言ってもらえると救われるよ」

実際のところ、イリスがどんな手を打ったとしても俺への反感は消えなかっただろう。

着任式でのブーイングの嵐。

あれこそが魔導士協会における俺の現在の立ち位置を示している。

俺はこれから、ああいった連中に自らの価値を認めさせ続けなくてはならない。

「万が一ウィズ君が勝負に負けても、教師として残れるようにはさせてもらうよ」

「無用な心配だイリスよ。天才魔導士たる俺に敗北はない」

「……あのねウィズ君。いちおう伝えておくけど、ハルバード教諭は一級魔導士だよ」

一級……？

「あれでか？」

「気持ちはわかるけど、それは絶対に本人には言わないように。彼はかつて魔導兵の精鋭部隊に所属していたんだよ。教育においても、決して侮《あなど》れる相手じゃない」

どうやらグレゴリーはあれでなかなかの実力者らしい。

それはいいことを聞いた。

「安心したぞ。たいしたことのない教師を負かしても、生徒たちの信頼は得られないだろうからな。打ち負かす相手は強いほどいい」

俺の言葉を聞くと、イリスは数秒ぽかんとしてから苦笑した。

「なんというか、ウィズ君は本当に不思議だね。普通なら難しいことでも、ウィズ君なら軽々とやってのけるような気がしてくるよ。……何かあれば遠慮《えんりょ》なく言ってほしい。学院長として、できる限り協力させてもらう」

「ああ、わかった」

「他に何か話しておくことはあるかい？」

そうだな……ああ、一つあった。

「イリス、あのグレゴリーという男と何かあったのか？　何やら妙に敵愾心《てきがいしん》を燃やされているようだが」

俺が尋ねると、イリスは「それなんだけどね……」と疲れたように言った。

「ハルバード教諭は以前よりこの学院の副学院長だったんだ。リケン伯爵が失脚した際、彼は当然自分が学院長にスライドすると思っていた。レガリア魔導学院の長は慣例的に領主が務めるけれど、絶対ではないからね」

「ほう」

グレゴリーは副学院長だったようだ。おそらく今もだろう。どうりで偉そうにしているわけだ。

「特に今回のように領主が交代したタイミングなら、ハルバード教諭が学院長になる可能性はさらに高かった。けれど……」

「魔導士協会の決定で、イリスがその座に収まってしまった。それが腹に据《す》えかねているわけか」

「そういうことになるね」

なるほどな。

そうなると、グレゴリーは俺以上にイリスに反感を持っている可能性があるわけか。

「お互い大変だな」

「まったくだよ……」

そんなやり取りを最後に、俺は学院長室を出た。

◇　◇　◇

さて、これからどうするかな。

着任式があった今日はこれ以上の予定はない。講義は明日からとなっていることだし……寮にでも向かうか。

「オーリア先生、少しいいですか？」

「む？」

教員用の寮に向かって移動している途中、後ろから声をかけられた。

声の主は二十代後半くらいの優しげな眼鏡の男だ。

……って、こいつはさっき講堂で俺に対するブーイングを収めてくれた人物ではないか。

「リリアスだったか？　さっきは助かった。礼を言う」

俺が言うと眼鏡の男性教師、リリアスは苦笑した。

「気にしないでください。これから同僚になるのですから、あのくらいは当然です」

「そうか」

「では改めてご挨拶を。私はコーエン・ヴィア・リリアスと申します。少し前からこの学院で教師をやっています」

リリアス改めコーエンは略式の礼をした。

見覚えがないと思ったら、ここの教師になったのは俺が退学した後か。

とりあえず挨拶を受けたからには、こちらも挨拶を返すとしよう。

「俺はウィズ・オーリア。いずれ魔導の頂点を極める天才魔導士だ」

「なるほど。聞いていた通りの人物ですね」

納得したように頷かれた。どんな噂を聞いていたのか気にならないでもない。

「それにしても、さっきのはどういうつもりだ？　俺に味方すればお前の立場も悪くなるだろうに」

俺は気になっていたことを聞いてみた。

平民である俺の肩を持てば、他の貴族からの風当たりが強くなる。

なのにコーエンはなぜ俺の援護などしたのだろうか。

「大した理由はありませんよ。私は実力主義でして、強ければ身分なんてどうでもいいと思っているんです。なので、魔族を倒したオーリア先生には敬意を持っています」

コーエンは笑みを浮かべてそんなことを言った。

身分よりも実力で評価するとは……

このコーエンという男、なかなかわかっているじゃないか。

「ハルバード先生との教育勝負、楽しみにしていますよ。これからよろしくお願いします」

コーエンが手を差し出してきた。

これも貴族にしては珍しいことだ。

普通の貴族なら平民である俺に進んで触れようとはしないからな。

「……？　握手はお嫌いですか？」

「ああ、いや、驚いただけだ。こちらこそよろしく頼む」

俺はコーエンの手を取りそう告げた。

コーエンは満足したように笑みを浮かべ、「それでは私はこれで」と去っていった。

変わった男ではあるが、教師の中に一人でも味方ができたというのは好都合だ。

いや、別に俺個人の味方というわけではないような気もするが。

そんなことを考えながら、俺は寮に向かうのだった。

第五章　初回講義

着任式の翌日。

俺は記念すべき初講義の時間を迎えていた。

魔術演習ということで場所は学院内の魔術修練場だ。

改めて自己紹介といこう。

俺は両手を大きく広げ、雄大《ゆうだい》な自然を思わせる声色で告げた。

「よく来たな雛鳥《ひなどり》たちよ。俺の名はウィズ・オーリア――いずれ〈賢者〉に至る天才魔導士だ」

「「……」」

反応はなし。

まあいい、大地を割るほどの拍手を脳内補完しておこう。

さて、名乗りも済んだところで現実を見るとするか。

「……で、この生徒の少なさはなんだ？」

イリスによって第一学年の生徒たちは半数に分けられ、片方が俺の受け持ち、もう片方がグレゴリーの受け持ちとなった。

第一学年の生徒は合計七十二人のため、俺が担当するのは三十六人となる。

しかし、ここにいるのは十五人ほど。

半分も来ていない。

「そこの男子、他の生徒たちはどこに行った？」

「さあ～？　まあ、平民の講義なんて受けたくないってことなんじゃないの？」

タメ口で面倒くさそうに答えてくる男子生徒。

やはりそんなことだと思った。

「生徒もほとんどいないし、今日はもう解散にしようぜ」

「そうそう、それがいいよ」

「あーあ、私もグレゴリー先生に教えてほしかったな～」

生徒たちが勝手なことを言い始める。

さて、どうするか。とりあえずは——

「【檻《ケージ》】」

障壁を張り合わせた巨大な檻《おり》を形成し、生徒たちを閉じ込める。

俺がこれからやることの隙《すき》に逃げ出されたら面倒だからな。

「なんだよこれ！　ふざけんな、出せよ！」

「心配せずとも後で解除してやる。不届き者をすべて回収した後でな」

サボっている生徒たちを探し出し講義に引きずり出す。

それがファーストステップというわけか。準備運動としてはちょうどいい。

「【疑似転移】」

俺は結界に閉じ込めた生徒をその場に残し、移動した。


場所はレガリア魔導学院内の談話室。

そこでは、貴族の少年たちが優雅《ゆうが》にティーカップを傾《かたむ》けつつ雑談している。

「まったく、平民ごときが俺たちに魔術を教えるなんて冗談じゃない」

「その通りだ。平民なんかに魔術を教わったら脳がけがれてしまう」

「僕たちの貴重な時間を貧相な平民なんかに使わせるなんて、学院長の気が知れないよ」

一年に所属する生徒たちだ。

新しくやってきた学院長のせいで、本来受けられるはずだったすばらしき魔術教育の機会が奪われた。

ああなんて自分たちは可哀そうなんだろうか！

……などと思っていそうだな。

「ここにいたか。初日から俺の講義をサボって雑談とはいい度胸《どきょう》だな」

「「げえっ!? ウィズ・オーリア!?」」

突如現れた俺に生徒たちは驚愕する。

「な、なんでここがわかったんだ!?」

「フッ……こんなこともあろうかと、貴様らには【印《マーキング》】の魔術を施してある。居場所は筒抜けだ」

【印《マーキング》】は【探知《ソナー》】と組み合わせて使う無属性魔術だ。

これを使えば対象者の現在地を知ることができる。

どうせ俺の講義をサボろうとする生徒もいるだろうと、着任式の時点で一年生全員に【印《マーキング》】をつけておいたのだ。

「では大人しくついてきてもらおうか」

「は……ははっ、俺たちを捕まえても無駄だぞ! オマエに従いたくない生徒はたくさんいる! そいつらを全員捕まえるなんてできっこない!」

勝ち誇ったようにそう言うサボり生徒。

どうやら、自分が捕まっても他の生徒が逃げ切れば講義を受けずに済むと考えているようだ。

甘いな。その考え、あまりにも甘い!

「残念だったな。お前たちを除《のぞ》く脱走生徒十八人はすでに捕縛し、グラウンドに張った結界の中に入れてある。お前たちで最後だ」

「そ、そんな……！　この短時間で⁉」

「ふはははははっ、お前たちの腕前で俺から逃げきれるとは思わんことだな！　たとえ国の端まで逃げても講義に出席させてやるぞ！」

というわけで、俺はその場にいた三人を連れて修練場に【疑似転移】で帰還した。

ここにはすでに俺の受け持つ生徒が全員集まっている。

ちなみに【檻《ケージ》】も残してあるので、生徒たちは脱走不可能である。

「まったく、お前たちを集めるのに五分もかかったぞ。サボり犯どもは他の生徒たちの時間を奪っていることを反省してもらおう」

俺が【探知《ソナー》】や【疑似転移】などを使いこなす傑物《けつぶつ》だったからよかったが……並の魔導士なら泣きを見ていたことだろう。

俺が天才であることに感謝してほしいものだ。

「くそっ、あいつ一端《いっぱし》の教師ぶりやがって……」

「ついこの前まで俺たちの同級生だったくせに」

生徒たちからは何やら恨みごとが聞こえてくる。

やはり俺の講義を受けることに抵抗はあるようだ。

理由はいくつもある。

平民であることに加え、俺の階級は四級。

さらに数か月前まで俺はこいつらの同級生だったのだ。

素直に話を聞くわけがない。

「だいたいなんで俺たちが模擬戦なんてやらなきゃいけないんだ」

「そうだよ。向こうにはあの〔白鉄《しろがね》〕がいるってのに」

この俺とグレゴリーの教育勝負は、受け持った生徒たちによる模擬戦で決着をつけることになる。

そして、グレゴリーの陣営には学年最強とされる生徒もいるらしい。

模擬戦にその生徒は間違いなく出てくるだろうし、そんなやつの相手などしたくないという気持ちがあるのだろう。

そもそも俺の残留を望んでもいないこともあり、生徒たちのモチベーションは最底辺に近かった。

というわけで——

「さて、雛鳥たちよ。お前たちの言い分はだいたい理解しているつもりだ。そこで一つ賭けをしようではないか」

「賭けぇ？」

「ああ。もしお前たちが勝てば、俺は学院を出ていこう。お前たちは望み通り他の教師による講義を受けられることになる」

「「「！」」」

生徒たちは興味を持ったようで、俺に視線を向けてくる。

「内容は実戦形式の演習。お前たち全員に対し、こちらは俺一人。場所は【檻《ケージ》】の中のみ。お前たちのうち誰かが、カスリ傷でも俺にダメージを与えられればお前たちの勝ちだ」

俺が告げた条件に、生徒たちが警戒の言葉を発する。

「そんなの俺たちに有利すぎるだろ！」

「何か企んでいるんじゃないのか？」

そんな声が上がってくる。

俺はさらに続けた。

「ああ。このままではお前たちの言う通り勝負にならん。よってハンデを三つ追加しよう。一、俺は魔術を使わない。二、俺は一歩もこの場所を動かない。動いたら俺の負けとする。三、俺からお前たちに一切攻撃はしない」

生徒の一人が怒鳴り声を上げた。

「ふ、ふざけるなっ！　この人数差に加えて、ハンデだと⁉　馬鹿にするのもいい加減にしろ！」

「そうだそうだ！」

「調子に乗るなよ平民！　だいたい、俺たちが勝った時にお前が辞めるって確証がどこにあるんだ!?」

次々と上がる怒りの声。

どうでもいいが、この学院に来てから俺はほとんどブーイングにさらされている気がするな。

しかし保証が欲しいという気持ちも理解できる。

ではこうするか。

俺は通信魔術を発動させた。すぐに応答があり、虚空に通信相手——イリスの姿が映し出される。

「イリス、少し協力してほしいことができた」

『なんだい？』

「今から生徒たち全員と俺とで模擬戦をする。その際、俺が負けたら学院を去るということを正式に認めてくれ」

『君は初日から何をやっているんだ……』

イリスは呆れ気味だったが、俺に考えがあることを察してか了承《りょうしょう》してくれた。

『——いいだろう。学院長の名のもとに、この模擬戦にはウィズ君の進退を賭けると約束しよう』

通信が途切れ、俺は唖然《あぜん》とする生徒たちに向き直る。

「さて、これで問題ないだろう？　かかってくるがいい」

生徒たちはようやく俺が本気で言っていると理解したようだ。

俺を取り囲み、杖を構える。

「「「──後悔させてやる！」」」

生徒たちがそう叫び、記念すべき最初の講義が始まった。


「大気に満ちる魔素よ、我が手に集《つど》え！　火球となりて──」

「大気に満ちる魔素よ、我が手に集え！　氷槍となりて──」

「大気に満ちる魔素よ、我が手に集え！　雷撃となりて──」

生徒たちによる詠唱が始まる。

通常なら【消音《サイレント》】の魔術で黙らせるところだ。

しかし俺はこの模擬戦において魔術が使えず、反撃もできないので見ているしかない。

ここまでひどいハンデをつけたのは、生徒たちに俺の実力を認めさせるためだ。

そうでもしないと、プライドの高い生徒たちは負けを認めないだろう。

「【火球《ファイアボール》】！」「【氷槍《アイシクル》】！」「【雷光《ライトニング》】！」

色とりどりの魔術が俺に命中し、ゴウッ！　と激しい爆発を起こす。結界の中を土煙が覆う中、さらに数十発の魔術が俺に殺到《さっとう》する。

「ははっ、見たか平民！」

「調子に乗ってるからそうなるんだ」

「おいおい、あれじゃあひき肉になってるんじゃないのか？　まあ、あんな無礼者にはふさわしい死にざまだろうけどな！」

生徒たちが嘲笑《ちょうしょう》の声を上げる。

だが、砂煙の晴れた後には――

「どうした、雛鳥ども。それで終わりか？」

「「「――!?」」」

傷一つない俺の立ち姿がある。

「ば、馬鹿な！　なんで無事なんだ!?」

「いいことを教えてやろう雛鳥Aよ。これが格の違いというものだ。お前たちの腕前では、何万発撃っても俺に傷一つつけられん」

「ふざけるなっ！　これは何かの間違いだ！」

再度降り注ぐ魔術の雨。だが、何度やっても結果は同じだ。

防御魔術など使っていないにもかかわらず、俺の体には傷一つつかない。

三十分後、俺の周囲には魔素切れでダウンする三十六人の生徒たちがいた。

「こんな……こんなことが……」

「化け物め……！」

憎々しげに俺を睨む生徒たちに対し、俺は肩をすくめた。

「ここまでだな。お前たちが俺に傷をつけられなかった以上、俺の勝ちとする」

生徒たちは悔しそうにしていたが、反論は上がらない。

……ん？

「…………！（キラキラキラキラ）」

何やら女子生徒の一人が異様なほど目を輝かせて俺を見ている。

黒髪をショートカットにした小柄な少女だ。

その視線はもはや、信仰していた神に遭遇《そうぐう》したかのようですらある。

ふむ。

なるほどな。

……まあ、俺の思い違いだろう。

貴族令嬢が平民の俺相手に好意的な視線を向けてくるはずがない。

おそらくあれはキラキラした視線ではなく、ギラギラと恨みに燃える目つきなんだろう。

あの謎の女子生徒は放っておいて、講義はここからが本番だ。

「そこの雛鳥。お前たちは全力で魔術を使ったにもかかわらず、なぜか俺に傷一つつけられなかった。理由はなんだと思う？」

「どうせ、俺たちにわからないように防護魔術を使ってたんだろ……！」

俺は鼻で笑った。

「魔術は使わない、と最初に言っただろう。正解は魔素干渉力の違いだ」

「魔素干渉力……？」

「一般的な魔導士の魔素干渉力は７００～８００。一年生のお前たちはせいぜい５００前後だろう。それに対して俺は肉体に２００００以上の魔素を流し込み強化していた。ダメージなど受けるはずもない」

魔素干渉力。

それは大気に満ちる魔素を、一度にどれだけ集められるかという数値だ。

これが高いほど高威力の魔術が使える。

「……自慢《じまん》かよ。平民のくせに偉そうに……」

別の生徒がうんざりしたように言う。

が、それは違う。

「それは勘違いだ。魔素干渉力は鍛えることもできる」

「鍛える？　魔素干渉力を？　そ、そんなことができるのか⁉」

信じられないとばかりに、生徒たちが俺の話を聞く姿勢を見せる。

いい兆候だ。

「ああ。魔素干渉力は先天的に決まると言われているが、それは大きな間違いだ。今からそれを証明してやる。いいか、魔素干渉力を伸ばす方法というのは――」

◇　◇　◇

「――ドーピングである！」

「「「ドーピング⁉」」」

一級魔導士にしてカリスマ教師であるグレゴリー・カウン・ハルバードの言葉に、その場に集った生徒たちは驚きの声を上げた。

場所はウィズたちがいるのとは別の魔術修練場。

グレゴリーもまた、今日から一年生の半数に対して魔術の講義を行っていた。

生徒の中には、ウィズにとって因縁の相手であるリック・カウン・ガードナーなどの生徒もいる。

そんな生徒たちが聞き入る中、グレゴリーは説明を続ける。

「いや、言い方が悪かったたな。魔素干渉力が先天的に決まってしまうのは、諸君らも知っている常識だ。しかしそれを潜り抜ける方法が一つだけある」

ウィズとはまったく逆のことを言いながら、グレゴリーは懐から革袋を取り出した。

生徒の一人がごくりと喉を鳴らす。

「ぐ、グレゴリー先生。その袋の中身はまさか――」

「その通り。増魔《ぞうま》の種だ」

「やっぱり！　すごいです！　まさか希少な増魔の種をお持ちだなんて！」

感激する生徒に気をよくして、グレゴリーは革袋から種を取り出す。

「知っている者もいるようだが、この増魔の種は食べることで魔素干渉力を１０増やすことができるレアアイテムだ。一般には流通しないが、今回、儂の知人から特別に諸君らのぶんを用意してもらった。今から一人一つずつこれを支給する」

「「うおおおおおおおおおおおおっ！」」

グレゴリーの言葉に生徒全員から歓声が上がる。

魔素干渉力を増やす手段は限られている。

年齢に応じて自然と上がってはいくものの、それはすぐに頭打ちになる。

そんな中、食べるだけで魔素干渉力を１０も増やせる増魔の種は究極のアイテムとされている。

魔導兵の中でも与えられるのは精鋭部隊の人間のみ。

それをもらえるのだから、生徒たちが感激するのも無理はない。

「あ、ありがたくいただきます！　ごくんっ――うおおお！　すごい力が溢れてくる！」

「グレゴリー先生！　俺にもください！」

「私にも！」

「はは、落ち着け落ち着け。ちゃんと人数分あるからな」

生徒たちの反応に満足そうな顔をするグレゴリーだが、内心では腹黒い笑みを浮かべている。

（わはははははは！　どうだウィズ・オーリアよ！　貴様にこんな芸当はできまい!?　レガリア魔導学院副学院長の権力で捻《ひね》り潰してくれる！）

「「グレゴリー先生！　グレゴリー先生！」」

「そう褒めるなお前たちよ。くくっ、わはははははっ！」

修練場には生徒たちの歓声と、グレゴリーの笑い声が響くのであった。

◇　◇　◇

「――という感じで増魔の種を使うのは三流の所業だ。絶対にやらないように」

俺が【樹造形《ウッドフォーム》】の魔術で作り出した黒板に図を描きつつ説明すると、生徒の一人が手を上げる。

「でも、魔素干渉力を10も増やせるのはいいことだろ？」

敬語を使え敬語を。

俺だって学院の教師には敬語をきちんと使って……なかったな。まあ見逃してやるか。

さて、質問に答えよう。

「増魔の種には副作用があり、何個も食べていると繊細《せんさい》な魔素コントロールができなくなる。そんなリスクを負って増やせる干渉力が10ではまったく割に合わん」

副作用がなければ、樹属性魔術で山ほど作るところなんだがな。

「そうなのか……でも、それじゃあどうやって干渉力を増やすんだ？」

「まあ、実践《じっせん》したほうが早いな。よし、そこの茶髪の女子、前に出てこい」

「え？　わ、わたしですか⁉」

「そうだ」

適当に指定した女子生徒が、何やらびくびくしながら前に出てくる。

「おい、アガサのやつが呼ばれてるぞ」

「あの落ちこぼれが魔素干渉力なんて増やせるわけないのにな」

他の生徒から嘲笑が漏れる。

なんだ、この茶髪女子には何かあるのか？　まあどうでもいいが。

「では、まずこの魔導具で魔素干渉力を測ってもらおう」

「は、はい」

ローブのポケットから取り出した計測用の魔導具を渡す。

片手に収まる球体で、これを持って魔素を集めることで干渉力を測ることができるのだ。

ピピッ、と音がして計測が終わる。


『３２５』


「……低いな」

「はい……」

どんよりした声で呻く茶髪女子。

それを見ていた他の生徒たちがさらにニヤニヤ笑う中、俺は気にせず話を進める。

「まあ最初の数値はどうでもいい」

「そうなんですか？」

「ああ。では次だ。なんでもいい、魔術を使ってみろ」

「それじゃあ……大気に満ちる魔素よ我が手に集え、石槍となりて敵を討て――【石槍《ストーンスピア》】！」

茶髪女子の手から石製の槍が放たれる。

「では次だ。詠唱のうち、最初の『大気に満ちる魔素よ我が手に集え』という部分を省いて同じ魔術を使ってみろ」

「え？　なんでそんなことを？」

「いいからやってみろ」

茶髪女子は怪訝《けげん》そうにしながらも、言われた通りにする。

「石槍となりて敵を――あれ？　石槍となりて……あれえ？」

魔術が発動せず困惑する茶髪女子。

「……おい、あれ何をやってるんだ？」

「さあ……？」

他の生徒からも戸惑う声が聞こえる中、俺はさらに指示を出す。

「さっきの感覚を思い出せ。完全な詠唱を使っている時の感覚を再現するんだ」

「そんなこと言われても……ふぬぬぬぬっ……石槍となりて敵を討て！　【石槍《ストーンスピア》】！」

さっきのものよりサイズも強度も落ちるが、なんとか石槍を作り出すことに成功した。

「はーっ、はーっ……！　こ、これものすごく疲れますね……」

「今のを後二セットやってみろ」

「疲れてるって言ってるのにですか⁉」

茶髪女子は唖然としながらも、俺の指示通りに数回【石槍《ストーンスピア》】を使った。

「……なんだか短縮した詠唱で魔術を使うのがちょっと楽になった気がします」

「よし。じゃあ、もう一度干渉力を測ってみろ」

「は、はい」

俺の言葉に従い、茶髪女子が再度魔素干渉力を計測する。

その間に俺は生徒たちに向かって解説する。

「さて、今の行為について説明するか。まず、魔素干渉力の定義からだ。そこの男子、わかるか？」

「……空気中から魔素を集める力の強さ？」

俺は頷く。

「その通りだ。そして、その魔素干渉力を強くするには日頃から魔術の感覚を磨く必要がある。しかしお前たちはこれができていない――すべての魔術に共通する、詠唱の一節目のせいでな」

あらゆる魔術の詠唱は『大気に満ちる魔素よ、我が手に集え』で始まる。

どんなにハイレベルな魔術でもそれは同じだ。

「この一節目は空気中の魔素を手元に集めるためのものだ。これにより簡単に魔素を集められる一方、魔素干渉を自動化しているせいで術者の感覚がまったく育たなくなる欠点もある」

詠唱魔術の欠点はいくつもあるが、これもその一つだ。

魔素干渉の工程を普段から行っていれば、自然と干渉力も上がっていく。

だが詠唱によって自動化してしまえば、成長の機会は得られない。

まあ、詠唱魔術で楽をしてばかりいる貴族たちは知らないことだろうがな。

「――！　まさか、さっきアガサに詠唱の一節目を省かせてたのって……！」

「そう、魔素を集める感覚を掴ませるためだ。それをこなすことで――」

ピピッ、と茶髪女子の計測が終了する。

その数値は――３７６。

最初に測った時と比べて５１も上昇している。

「な、なんですかこれ……ゆ、夢ですか……？」

その結果に茶髪女子はわなわなと震え、生徒たちも愕然《がくぜん》として目を見開いた。

「見るがいい、雛鳥たち。これが真の成長というものだ。ここまで露骨に伸びるのは最初くらいだが、続けていればいずれ魔素干渉力は１０００を超えるだろう。ここにいる全員がな」

生徒たちの俺を見る目が変わっていく。

最初の小馬鹿にした様子から、何かを与えてくれるのではないかという期待に満ちたものへと。

「これでもまだ俺の講義を聞きたくないと言う者がいるなら、この場を去るがいい。残った者にのみすばらしき叡智を授けよう」

修練場を囲っていた【檻《ケージ》】を解く。

しかしこの場を去ろうとする生徒たちはいなかった。

「お、俺にもやり方を教えてくれ！」

「私にも！」

「フッ、ようやく俺に教えられる名誉《めいよ》に気づいたか。いいだろう、魔導騎士だろうと宮廷魔術研究家だろうと、あらゆる夢を叶えられるだけの実力をくれてやるぞ！」

高笑いしながら俺は講義を続けるのだった。

◇　◇　◇

「……」

俺はふと足を止めた。

何者かが後をつけてきている。

俺が教師になって初の講義は大成功に終わった。その後、寮に戻ろうと学院の中庭を移動しているわけだが、どうも尾行の気配がする。

誰だ？

襲われる心当たりなんて……いや、あるな。

グレゴリーの手の者とか、単に平民の俺が気に入らない他の教師とか。

俺が違和感を覚えているのに気づいたのか、背後の何者かは物陰からいきなり飛び出してきた。

「【障壁《バリア》】」

ギィンッ！

俺が張った障壁魔術と何かがぶつかり合う。

そこにいたのは女子の制服を着た小柄な人物だ。

生徒というのは意外だな。

覆面をしているので顔はわからない。

手には水属性の魔術で作ったらしい、氷のナイフが握《にぎ》られている。

「何者だ？　なぜ俺を狙う？」

「……」

「反応なしか。まあ、覆面で顔を隠している以上はそうだろうな」

仕方ない、返り討ちにして情報を吐かせるか。

「……ッ！」

覆面の生徒は凄まじいスピードで動き回り、俺を攪乱《かくらん》しようとする。

速い！

目では追いきれないほどの素早さだ。

【探知《ソナー》】での位置把握に切り替えた瞬間、俺の死角から氷のナイフが振るわれる。

「【障壁《バリア》】！」

「……」

攻撃が失敗した瞬間、覆面の生徒はその場を離れて高速機動に戻る。

見事なまでのヒットアンドアウェイ。

気になるのは足音が一切しないことだ。

やたら死角に潜り込もうとする動きといい、対人戦慣れしている。並みの魔導士ならあっという間に叩きのめされていただろう。

……足音がしない、か。

ふむ、読めた。

「【凍結《フリーズ》】」

「っ⁉」

べしゃっ！　と襲撃者がその場で転んだ。

やはりそうか。

「水属性の【滑走《グライド》】――足裏に水の膜《まく》を張り、摩擦《まさつ》を軽減させる移動用の魔術だ。なかなかうまく使いこなしているようだが、水の膜を凍らせてしまえばそうなる」

俺は謎の襲撃者に、ビシィッ！　と指を突きつけた。

「貴様の敗因はただ一つ。俺という完璧な存在を敵に回したことだ……」

なかなかの実力ではあったが、この程度で俺を倒せると思っているなら大間違いだ。

「さて、素顔を見せてもらおうか」

「……わかりました」

俺が言うと、意外と素直に襲撃者は覆面を外した。

黒髪をショートカットにした女子生徒だ。

身長は百五十C《セル》に届かないほど小柄だが、妙な存在感がある。人形かと思うほどに整った顔立ちのせいだろう。

細められた目はどこか眠そうで、物静かな雰囲気をまとっている。

「……ってお前さっき講義に出ていた女子ではないか！」

模擬戦の後、やたらキラキラした視線を向けてきた少女だ。

なぜ俺を襲ってきたんだ？

黒髪の女子生徒は俺の元まで来ると、まるで騎士がそうするように膝をついた。

「先ほどの講義といい、私の【滑走《グライド》】を見切ったその腕前といい……お見事です、我が主《マイロード》。さすがです」

淡々とした口調に反して、上目遣いに向けられた瞳は輝いている。

「とりあえず、名前を聞いておこう」

「失礼しました。私の名前はソフィ・バル《男爵》・パーリア。どうしても御身の実力を肌で感じたく、尾行させていただいた次第です、我が主《マイロード》」

尾行どころか実際に襲われた気がするが。

とりあえずいくつか質問する必要がある。

「お前、グレゴリーや他の貴族たちの差し金ではないんだな？」

「もちろんです。我が主《マイロード》に危害を加える人物に手を貸したりしません」

「さっきの高速機動、あれはどこで覚えた？　それに、なぜ講義の時に使わなかった？」

「父に教わりました。講義の時に使わなかったのは、まわりに障害物が多かったからです」

他の生徒のことを障害物と言い切ったなこいつ。

まあ、確かにあのスピードで縦横無尽《じゅうおうむじん》に動くには、ある程度のスペースは必要だろう。

「では最後の質問だ。その我が主《マイロード》、という呼び名は一体なんだ？」

俺の疑問に、ソフィはよくぞ聞いてくれましたとばかりに胸を張る。

「この呼び名は私の御身に対する敬意を表すものです」

「敬意だと？」

「はい。あれは魔族ジルダがこの学院を襲撃した時のこと――私は逃げ遅れ、校舎の中から暴れ回るジルダを眺めていました。普段偉そうにしている教師たちが次々とジルダに敗れ地に伏していく中、颯爽と現れた一人の魔導士！　その悠然とした立ち姿に私は言葉を失いました……」

……ほう？

「彼はたった一人でジルダを倒してのけました。その時の感動はもはや言い表せません。彼はただ一言こう名乗りました。〔漆黒の魔族殺し《ダークネスイビルバスター》〕と……私はその場の全員とともにその名を叫び、その美しき文字列を心に刻みました」

頬を染めながら、胸に手を当ててそう告げるソフィ。

その表情はまるで、憧れの英雄に思いを馳《は》せる子どものようだ。

「その日以来、私は〔漆黒の魔族殺し《ダークネスイビルバスター》〕様、つまり御身にお仕えすると心に決めたのです」

どうやらソフィは俺と魔族ジルダとの戦いを見たことで、俺に心酔してしまったようだ。

ほうほう、なるほど。

なるほどな。

「――ソフィとやら、お前を愛弟子と認めよう。困ったことがあればなんでも言うがいい！」

「ありがとうございます我が主《マイロード》！」

目を輝かせて感謝の言葉を叫ぶソフィ。

なんと見る目がある生徒だろうか。

この学院にこんな優秀な人材がいたとはな！

だいたい他の連中はセンスがなさ過ぎる。

この俺の計算され尽くした気高い所作《しょさ》を見ては病気だの気持ち悪いだのと……やはりわかるやつにはわかるのだ。

「よし、ではお前にこれをやろう」

俺は火属性＋土属性の合成によって鋼属性の魔素を合成し、銀製の鎖を用いたペンダントを作り出した。

ペンダントトップは大きく広げた一対の翼、そして逆十字。

「我が主《マイロード》、これはどういう意味なのですか？」

「逆十字は神への反逆を、そして翼は圧倒的な速度を表す。誰よりも早く頂点に至るという世界への宣言にして、俺のシンボルマークだ……」

ちなみに今考えた。

即席で後世にまで語り継がれそうなほどの芸術品を生み出すとは、俺は一体どこまで才覚に満ち溢れているのだろうか。

「ま、我が主《マイロード》！　こんな美しいものを私がいただいてもいいのですか⁉」

「お前は俺のすばらしさを理解する逸材。このくらいは当然だ」

「あ……ありがたき幸せ！」

感激したようにペンダントを握り締めるソフィ。実にいい反応だ。

「ではさらばだ、ソフィ。次の講義まで予習と復習を欠かすんじゃないぞ」

「はっ！　必ずやご期待に沿ってみせます！」

俺は華麗なるターンで踵《きびす》を返し、その場を後にするのだった。

第六章　休日

一年生への講義は順調に進んでいる。

最初のうちはひたすら魔素干渉力の引き上げに費《つい》やした。

何をやるにも、魔素干渉力が低くては話にならないからな。

結果として生徒の魔素干渉力は、講義を始めた時点では平均５００前後だったのが、一週間で平均７００近くまで伸びた。

これは歴史的に見ても例がない伸び方だと、イリスが仰天していたな。

そんな感じで教師生活の一週目は順風満帆《じゅんぷうまんぱん》だったのだが――

ここで問題が発生した。

「ウィズ～～～っ、いつになったら街に遊びに行かせてくれるの！　シアずっと待ってるのにー！」

週末の休日、俺はシアによって叩き起こされた。

……いやちょっと待て。

「シア、お前どうやって階級章から出たんだ……？」

使い魔は本来、主人が望まない限りは階級章から出てこないはず。

まさか俺が寝ぼけて召喚したのか？

いや、たとえ半分寝ていても俺がそんなヘマをするはずはない。

「どうやってって、普通にだよ？　魔力で鍵を作って、がちゃがちゃーって」

「自力で出てきたのか⁉」

そんな馬鹿な！　使い魔が階級章から勝手に出てくるなんて聞いたことがない！

いちおう試してみるか。

階級章に魔力を込め、シアを強制的に階級章の中に格納する。

普通の使い魔ならこれで出てこられなくなるはずだが――

「なんで閉じ込めるのー！」

「本当に勝手に出てくるだと……⁉」

変わった使い魔だとは思っていたが、まさか階級章の機能を突破してくるとは。

これは厄介なことになった。

階級章に閉じ込めておけないとなると、シアの単独行動を阻止できなくなる。

そうなると何かの拍子に元の姿になったり、最悪の場合自分の正体をうっかり明かす可能性がある。

シアの本性が喋る竜だとバレれば、間違いなく大騒ぎになるだろう。

「ずっと待ってたのにウィズはシアのこと忘れてるし……もうシア一人で街に行く！」

シアは我慢の限界のようで、そんなことを喚いている。

このままでは、本当に一人で街に突撃するのも時間の問題だ。

……仕方ない。

もともと暇な時はシアに人間の社会を見せる約束だったし、それを実行するか。

「いいだろう。シア、今日はリンドの街を堪能させてやろうではないか」

「わーい！」

俺の言葉にシアは両手を挙げて大喜びするのだった。

◇　◇　◇

学院を出て街を歩く。

「わあーっ、すごいねー賑《にぎ》やかで建物も大きい！」

シアが目をきらきらさせながら歓声を上げる。

レガリア魔導学院のあるリンドの街は、旧リケン伯爵領の中でもトップクラスに大きな都市だ。

休日ともなると街の広場には芸人が集まるし、屋台の数も豊富である。

「美味しそう……」

シアがよだれを垂らしそうな顔で串焼き肉の屋台を見ている。

これはいい機会かもしれない。

「シア、お前にこれを授けよう」

「何これー、ってお金？」

「そうだ。お前はそれを使い、自分一人で買い物をするんだ」

シアには師匠の家にいた時に金の使い方は教えたが、買い物は未経験だ。

この機会に実践させてみるのもいいだろう。

「わかった！　えーっと、これが千リタでこっちが百リタで……」

シアは硬貨を確認しながら屋台に向かっていく。

そしてしばらく話し込んだ後――

「ねえ見てみてウィズー、あのおじさんがねー『お嬢ちゃんかわいいからタダでいいよ』ってたくさんくれた！」

「それでは意味がないではないか……！」

いや、金を使う練習なのにタダでもらってきてどうする。屋台の店主が『サービスしといたぜ！』みたいな笑顔を見せてくるのが複雑だ。

仕方ない、買い物の練習は後に回すか。

どうせしばらく街にいることだし、会計の機会はいくらでもあるだろう。

そんなことを考えながら街を移動していると。

「あっ、ウィズ様！　奇遇ですねっ」

「わざわざ声かけなくていいでしょうに……」

そこにいたのは意外な二人組だった。

私服姿のサーシャとエンジュが仲良さそうに並んでいる。

最近は講義の準備で忙しかったせいで、この二人と話すのも久しぶりだ。

「サーシャにエンジュか。お前たちも観光か？」

「はい！　エンジュさんと一緒にお出かけしたくて誘っちゃいました」

「そうか。よかったなエンジュ、誘ってくれる相手がいて」

「しばき回すわよ平民。……というか、私が頷くまで毎日『一緒に遊びませんか？』って聞き続けることをそんな普通な言い方で片付けないでほしいわ……」

そう言ってエンジュが遠い目をした。

どうやらサーシャはよほど強引にエンジュを連れ出したようだ。

この付き合いの悪そうな女にうんと言わせるとは、サーシャはなかなか押しが強いのかもしれない。

「ウィズ様ウィズ様、そっちの子はどなたですか？」

そうか、この二人にはシアをまだ紹介していなかったな。

「こいつはシア、俺の妹だ。仲良くしてやってくれ」

「はじめまして！　シアはねーウィズの妹なんだって！　そう言えって言われた！」

「わあ、ウィズ様って妹さんがいたんですね。わたしはサーシャです」

「明らかに嘘じゃない。何あっさり受け入れてるのよ……」

エンジュが呆れたように言う。

いい加減シアには完璧な挨拶をマスターさせたい。

サーシャが質問してくる。

「ウィズ様たちは何をしていたんですか？」

「普通に観光だ。シアは広い街で遊んだことがないからな」

「そうですか。特に予定がなければ、わたしたちと一緒に遊びませんか？　これから面白い場所に行く予定なんですよ～」

「面白い場所!? 行きたーい！」

サーシャの誘いにシアが即答で飛びついた。

この二人と一緒に……？

「すまないサーシャ、それは俺にとって想像を絶する苦痛なんだ」

「こっち見ながら言うんじゃないわよ。ってかそれ私の台詞なんだけど？」

俺とエンジュが同じ空間にいるというのは、誰も幸せにならない行為だろう。

「誘ってくれたのに悪いが、ここは元通り別々で行動するのがいいと――」

「シアちゃん、そこを右ですよ～」

「わかったー！ どんなとこかなー楽しみだなー！」

「待てそこの二人！ こっちの意見を無視して先に進むんじゃない！」

サーシャとシアは俺たちを置いて目的地へと向かっていた。俺はシアの監督責任がある以上は追わざるを得ない。

「……仕方ない。エンジュ、特別に俺と休日を過ごす権利をやろう」

「いらないんだけど……かといって、一度した約束を破るのは〔剣聖〕門下としてのプライドが許さないし……はあ、行くしかないわね」

俺とエンジュはいろいろな葛藤《かっとう》のもと、サーシャたちを追うことにしたのだった。

◇　◇　◇

猫。

それはあらゆるストレスを浄化する至高の存在。

そんな猫たちに囲まれながら、現在俺たちは軽食を取っている。

「面白いところというのはここのことか……」

「はい。猫カフェって素敵ですよね。癒《いや》されます～」

膝の上の白猫を撫でながら、サーシャがうっとりと呟いた。

リンドの街の一角にある、多数の猫と触れ合える喫茶店。それこそがサーシャの言っていた〝面白い場所〟の正体だった。

動物のいる喫茶店、というのはこの世界においてそれなりにポピュラーだ。

貴族――つまり魔導士たちは使い魔を使役しているため、平民たちはそれを真似して動物を飼いたがる。

しかし、家畜でもない動物を飼うのは金銭的に難しい場合が多い。

そこで需要を嗅ぎつけた商人が、気軽に動物と触れ合える場所を作り上げたのだ。

平民たちは美しく手入れされた猫との触れ合いを通し、手軽に貴族気分を味わえるわけである。

「ほらほらこっちだよーっ！　あははは！　猫じゃらしってすごーい！」

店の奥では、シアが猫用のおもちゃを借りて元気のいい猫たちと戯《たわむ》れている。

満喫しているようで何よりだ。

しかし、一番大きなリアクションを取っているのはシアではない。

「よーしよし。よーしよしよしよしよしよし。ここがいいの？　それともこのあたりかしら？」

『にゃあー（じたばた）』

「～～～～～！　ああもうっ、なんでそんなに可愛いのよ！　連れて帰るわよ、もう！　もうっ！（ぎゅうううううっ）」

……誰だこいつは。

エンジュが黒猫を抱き締めながらハイになっている。

猫のほうは必死に抵抗しているが、エンジュはそのことにも気づいていないようだ。

サーシャが俺に経緯を説明してくれた。

「エンジュさん、すっごく猫が好きみたいなんです。だからこのお店に連れてきたくて」

「……ちなみにそれはどこで知ったんだ？」

「学院の敷地内にいる野良猫に毎日ごはんをあげてました」

転生系

前世の記憶を持ちながら、
強大な力を授かった主人公たち。
現実との違いを楽しみつつ、
想像が掻き立てられる作品。

転生前のチュートリアルで異世界最強になりました。

小川　悟

死後の世界で出会った女神に3ヵ月のチュートリアル後に転生させると言われたが、転生できたのは15年後!?最強級の能力で異世界冒険譚が始まる!!

既刊3巻

貴族家三男の成り上がりライフ

美原風香

アルラインは貴族の三男に転生し、スローライフを決意したが、神々からの複数の加護で人外認定される…トラブルも多い中、望む生活のため立ち向かう！

既刊2巻

Re:Monster

金斬児狐

最弱ゴブリンに転生したゴブ朗。喰う程強くなる【吸喰能力】で進化した彼の、弱肉強食の下剋上サバイバル！

第1章：既刊9巻＋外伝2巻　第2章：既刊3巻

異世界ゆるり紀行

水無月静琉　既刊13巻

転生し、異世界の危険な森の中に送られたタクミ。彼はそこで男女の幼い双子を保護する。2人の成長を見守りながらの、のんびりゆるりな冒険者生活！

素材採取家の異世界旅行記

木乃子増緒　既刊12巻

転生先でチート能力を付与されたタケルは、その力を使い、優秀な「素材採取家」として身を立てていた。しかしある出来事をきっかけに、彼の運命は思わぬ方向へと動き出す—

定価：各1320円

強くてニューサーガ
NEW SAGA
阿部正行
Abe Masayuki
既刊10巻
TVアニメ
制作決定!!
人類滅亡のシナリオを覆すため、
前世の記憶を持つカイルが仲間と共に、
世界を救う2周目の冒険に挑む!
定価:各1320円⑩

自衛隊×異世界ファンタジーの決定版!
最新巻好評発売中!!
ゲート0《ゼロ》
GATE:ZERO
自衛隊
銀座にて、
斯く戦えり
既刊2巻
柳内たくみ
Yanai Takumi
定価:各1870円⑩

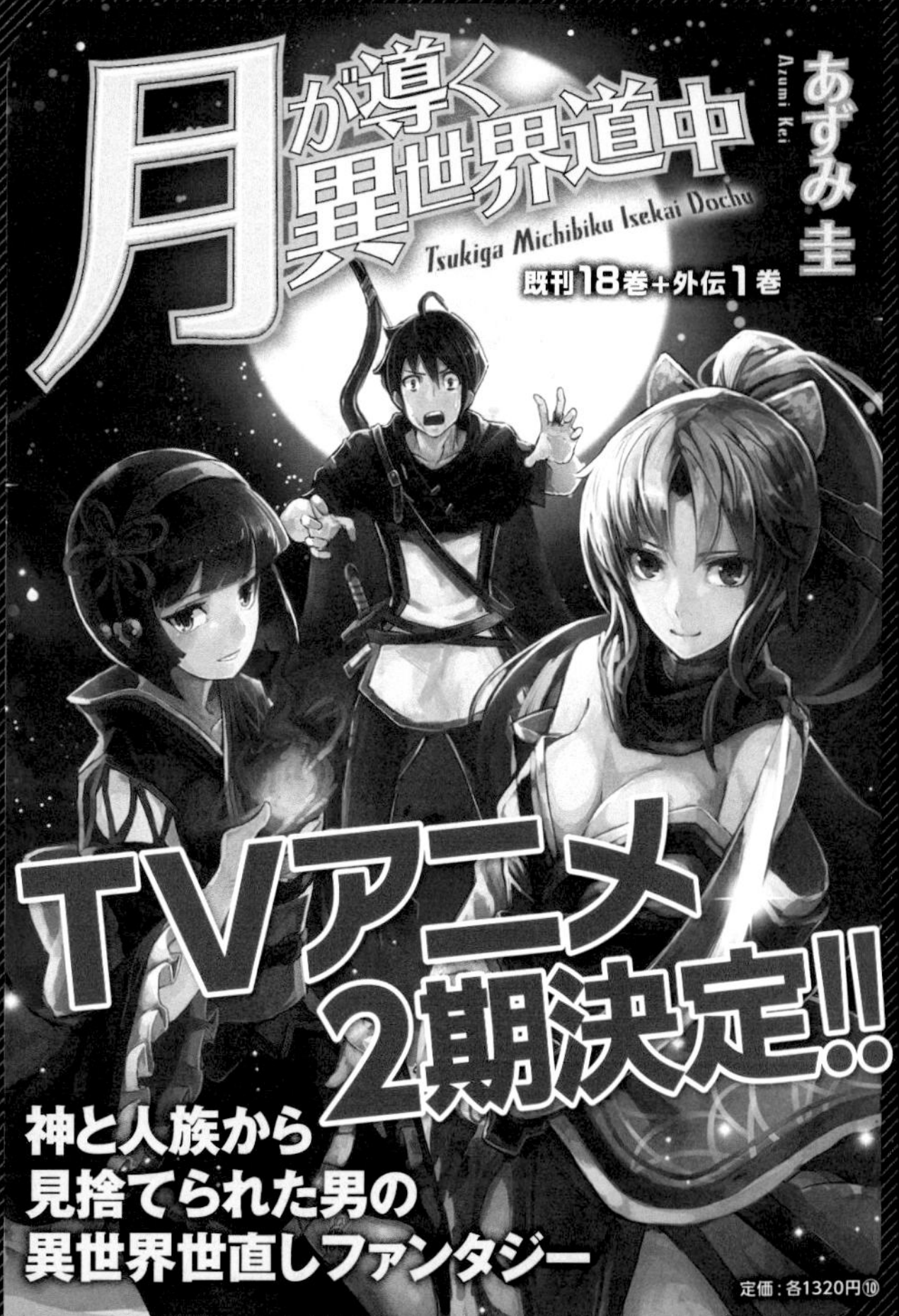
月が導く異世界道中
Tsukiga Michibiku Isekai Dochu
あずみ圭
Azumi Kei
既刊18巻+外伝1巻
TVアニメ2期決定!!
神と人族から
見捨てられた男の
異世界世直しファンタジー
定価:各1320円⑩

そんなことをしていたのか……

そういえば、エンジュの使い魔は炎をまとった虎だったな。まさかと思うが、あの使い魔を選んだ理由は「ネコ科だから」だったりするのだろうか。

もしそうなら、俺はエンジュへの認識を改める必要があるんだが。

「あっ！」

『にゃー』

エンジュに撫でられ続けることに嫌気が差したのか、黒猫が俺のほうに逃げてきた。

ここは自分の領地だとばかりに俺の膝に体をこすりつけてくる。

「おやおや……どうやらこの黒猫は俺のほうを選んだようだな。なかなか見る目がある。よし、お前には〔夜を統べる者〕《ナイトルーラー》の名をやろう」

「その子はクロちゃんっていうらしいですよ、ウィズ様」

俺とサーシャがそんなやり取りをしていると、エンジュが沈んだ声を発した。

「……いいわね、あんたは猫に好かれて。私はすぐ逃げられちゃうのに……」

「……」

「どんなに猫の習性を勉強しても、どんなに完璧に気配を隠しても猫に逃げられるのよ……そんな私の気持ちがあんたにわかる？」

「い、いや……」

なんだこの罪悪感は。

俺は何も悪いことをしていないはずなのに。

「……その、無理に抱かずにゆっくり撫でるくらいならいいんじゃないか？」

「そ、そうね。ゆっくりね、ゆっくり……」

エンジュは俺の膝に乗る黒猫をゆっくりと撫でた。黒猫は嫌がらず、大人しくしている。

「すごい、怖がられずに撫でられたわ……！」

「よ、よかったな」

「ええ！　あなたやるじゃない！　見直したわ！」

エンジュはぱあっと表情を明るくし、そんなことを言ってきた。

吐息が当たるほどの距離にエンジュの整った顔が近づき、うぐ、と俺は息を詰まらせる。

「……近い、離れろ」

「何よ。せっかくお礼を言ってあげてるのに」

むっとしたように少し離れるエンジュ。

普段の態度はアレだが、エンジュは外見だけなら相当な美人だ。こういう距離の詰め方をされると動揺してしまう。

「……むむ」

そんな俺たちの姿を見て、なぜかサーシャまで不服そうにしている。

「どうした、サーシャ」

「ウィズ様とエンジュさんが仲良くしてるのはいいですけど……ずるいです」

ずるい？

……ああ、エンジュと距離を詰められている俺が羨《うらや》ましい、という話か。

サーシャはエンジュと仲良くしたいようだからな。

「心配するな、サーシャ。俺はエンジュと仲良くしたいとはまったく思ってない」

「どういう意味よ」

「むー……」

なぜまだ不満そうなんだ。

俺は納得していなさそうなサーシャの様子に首を傾げつつ、猫カフェでの時間を満喫するのだった。

◇　◇　◇

「サーシャ、次はどこに行くのー？」

「そうですねえ、せっかくですから可愛い服でも見にいきましょうか」

「わーい行くー！」

サーシャとシアが意気投合してしまったため、店を出た後も俺たちは四人で行動することになった。

先行する二人の背中を眺めながら、隣を歩くエンジュが不意に尋ねてきた。

「……で、結局あのシアって子はあんたのなんなわけ？」

「…………………妹だが？」

「いや、そういうのいいから。嘘だってもうわかってるし」

さすが腐っても一級魔導士。

エンジュは俺とシアが実の兄妹でないことを見抜いているようだ。

「あんな素直でいい子があんたの妹なはずがないわ」

「なんだと貴様」

その看破のされ方は不本意すぎる。

「それであの子は一体何者なの？」

「……」

俺は少し考える。

もともと俺はシアの正体をしばらく隠しておくつもりでいた。

シアの正体が喋る竜だと知られれば、魔族ジルダの同類だと誤解されかねないからだ。

実際にはシアはジルダたちとはなんの関係もないが、そんなことを聞き分けてくれる貴族たちではない。

むしろ、俺を排除する口実として全力で責め立ててくるだろう。

シアの正体を明かすのは、俺が最低でも二級になってから。

それが当初の計画だった。

しかし現在、シアは階級章から勝手に出られることが判明している。

俺の知らないところでシアの正体を知られるくらいなら、いっそ口の堅そうな連中に先に伝えて、シアのことをフォローしてもらえる環境を作ったほうがいいかもしれない。

エンジュの口が堅いかどうかは確証が持てないが――

「まあ、さっきの店での醜態をバラすと脅《おど》せば余計なことは言わないか」

「……あんたなんか不穏なこと考えてない？　ってか、猫のことならあれは普通の反応よ」

断言するがあれは絶対に普通のリアクションではない。

「よし、エンジュよ。お前にシアの正体を教えてやろう。感謝するがいい」

「なんで上から目線なのかしらね」

「サーシャ、シア、こっちに来てくれ。少し話がある」

「はい？」

「なになにー？」

先行していたサーシャとシアの二人を引き戻す。

サーシャに関しては、俺の味方であることはわかっている。

シアの正体を明かしても、言いふらしたりしないだろう。

「話というのはシアのことについてだ。とりあえず、話のためにどこか店にでも——」

俺が言いかけたところで。


「「——ッ！」」


ばっ、と俺とエンジュが同時に振り返る。

視線の先には何もない。だが——確かに今、何者かの視線を感じた！

「……エンジュ、今何か見えたか？」

「何も……気のせいかしら？」

「俺とお前が同時に気配を感じ取ったんだぞ。偶然なわけがあるか」

俺は即座に【探知《ソナー》】の魔術を発動した。

特に目立つ魔力反応はなし。

どうなってるんだ？

「あの、どうかしたんですか？」

気配に気づかなかったらしいサーシャが首を傾げている。

その時、周囲の気配を探る俺の視界に妙なものが映った。

リンドの街は旧リケン領の中で最大の都市であり、多くの貴族も住んでいる。

そのため巡回の兵士も平民ではなく魔導兵であり、彼らは使い魔とともに街の中を見張っている。

そんな巡回中の魔導兵の隣で、使い魔らしい狼型の魔獣が何やら苦しそうにしている。

『グゥッ、グルルッ……』

「お、おい、ロロ。どうした？」

『グルォオオオオオオオオオオオオオオオッ！』

咆哮を上げ、衛兵の使い魔である狼型の魔獣がいきなり巨大化した。

灰色だった毛並みは一気に黒く染まり、ぎらついた目を周囲に走らせている。

「魔獣だ！　魔獣が侵入した！」

「なんでこんなとこにっ⁉」

「うわあああああああああああああっ！」

街の人間はパニックに陥り逃げ惑う。

使い魔が変身した……？

姿を変える使い魔というならシアもそうだが、あの狼型の使い魔は何かおかしい。

その証拠に、主人であるはずの魔導兵も慌てている。

「おい！　ロロ、どうしたんだ⁉　大人しくしろ！」

『グルアアアッ！』

魔導兵の言葉も聞かず、狼型の使い魔が通行人の一人に襲いかかる。

まずい！

「【障壁《バリア》】！」

ガンッ！　と狼型の使い魔の鼻先に障壁が出現し、その動きを止める。

すかさず抜刀したエンジュが肉薄《にくはく》する。

「はあああっ！」

『ギャウウッ⁉』

一瞬でエンジュは狼型の使い魔の前脚を両方斬り落とした。

……容赦《ようしゃ》ないなあの女。

使い魔は大きなダメージを受けても主従契約されている限り死なないから、遠慮する必要はないといえばないいんだが。

とりあえず、俺は【疑似転移】を使って使い魔の主らしい魔導兵を救出しておく。

「大丈夫か、魔導兵よ」

「は、はい。怪我はしていません。ありがとうございます」

「で、お前の使い魔は一体どうなっているんだ？」

「わからないのです！　ロロは普段は大人しいのに、いきなりあんなふうに……しかもあいつは姿を変える能力なんて持っていません！」

錯乱《さくらん》したようにわめく魔導兵。

どうも主人である人間にとっても予想外の事態らしい。

ますます状況がわからんな。

『ガフッ、ガルゥッ……』

「終わりにしましょう」

狼型の使い魔とエンジュの戦闘も大詰めで、使い魔には無数の傷ができている。

チッ、今回の手柄はあいつのものか。残念だが仕方ない。

エンジュが狼型の使い魔を切り捨てようとして――予想外のことが起こった。

『ガルウウウウッ！』

「うっ!?」

エンジュの顔目がけて、狼型の魔獣がどす黒い煙を吐き出したのだ。

それをもろに浴びたエンジュはよろめき、数歩後ずさる。

狼型に限らずだが、動物系の魔獣が搦《から》め手《て》を使うことはあまりない。

だからこそエンジュも正面から斬りにいったんだろう。

だというのに、あの吐息には明らかになんらかの阻害効果がある。

「おい、魔導兵！　あの煙はどんな能力だ!?」

「わ――わかりません！　ロロはあんな攻撃はできないはずなんです！」

魔導兵は理解が追いつかないというふうに叫ぶ。

くそっ、本当にどうなっているんだあの使い魔は！

とりあえずエンジュを助けておくか。

などと俺が考えたのよりわずかに早く、俺の真横からシアが飛び出した。

「エンジュから離れろーっ！」

『ギャウン!?』

そして思い切り狼型の使い魔を蹴り飛ばす。

どうやら本気で蹴ったらしく、はるかかなたに吹き飛んだ狼型の使い魔は石畳の上で伸びていた。

同時に狼型の使い魔を覆っていた黒い毛皮が剥《は》がれ、もとの灰色の姿に戻った。

どうやらこれで終わりのようだ。

サーシャが「エンジュさん、大丈夫ですか!?」とエンジュに駆け寄り、治癒属性の魔術で回復させる。エンジュは悔しそうに唸《うな》った。

「油断したわ……シア、手間をかけさせて悪かったわね。助かったわ」

「いいよー！　だってエンジュはウィズの友達だもんね！」

「いいえ、ただの同僚よ」

エンジュは頑なに俺との交友関係を認めたくないようだ。まあ俺も同意見だが。

——と。


ザアッ……


「……なんだ？」

不意に何かが崩れるようなかすかな音がした。

気になったので、魔導兵を置いて音のしたほうに向かう。

するとそこにあったのは細かい砂の山だった。

決して大量の砂ではないが、石畳の上では違和感がある。

そしてもう一つ捨て置けない要素がある。

「魔力の気配、か」

そう、その砂の山からはわずかに魔術の名残が感じられた。

なんの魔術かはわからない。

しかし俺は漠然と、これがさっき狼型の使い魔がいきなり暴れたこととは無関係ではないと感じていた。

◇◇◇

「ふーむ、残念です。せっかく機会を作ったのに、オーリア先生はほとんど戦ってくれませんでしたね」

同時刻、レガリア魔導学院の一角でコーエンはため息を吐いた。

眼鏡の奥の両目は閉じられている。

普通なら何も見えていないはずだが、彼には遠く離れた街中の様子がリアルタイムで見えていた。

それこそがウィズの発見した砂の山の能力なのだが、彼はそれに気づいていない。

「まあ、まだ時間はあります。きちんと見定めさせてもらいましょうか」

コーエンはそう呟いてその場を離れる。

「〝これ〟の在庫もまだあることですし」

コーエンは手の中でざらざらと音を立てる袋をもてあそぶ。

袋の中には入っているのは黒い結晶。

美しい外観のその結晶は、しかし見る者すべてが嫌悪感を抱くような、不穏な輝きを放っていた。

◇◇◇

「エンジュさん、本当に大丈夫ですか？」

「平気よ。もう痛みもないし」

サーシャの心配そうな言葉にエンジュがそう応じる。

狼型使い魔の暴走を止めた後、俺たちは魔導兵の詰め所で聴取を受けた。

その際、あの狼型使い魔がどうしてあんなふうになったのか改めて聞いたが、狼型使い魔の主である魔導兵にはやはり心当たりはないようだった。

なんらかの異常があるかもと、専門の医療魔導士に狼型使い魔を診《み》せるそうだ。

それで原因が見つかればいいが、どうもそんな簡単なことでもないような気がする。

あの慌てぶりからして、魔導兵はシロだろう。

となると誰かがなんらかの細工をし、彼の使い魔を暴走させた可能性がある。

最後に見つけた砂の山といい、どうにも謎の残る事件だ。

……ともかく、聴取を受け終えた俺たちは、レガリア魔導学院へと戻っている。

「わたし、心配です。ただの怪我ならともかく、エンジュさんの体には呪いがついていましたし……」

サーシャは沈んだ声でそう言う。

サーシャの言う通り、戦闘直後のエンジュの体には呪いがまとわりついていた。

戦闘中に浴びた狼型使い魔の吐息――あれには呪いの効果が含まれていたのだ。

すでにサーシャの浄化魔術によってそれは解呪されているが、以前イリスが呪いに倒れたこともあってか、まだ心配なようだ。

「だ、だから大丈夫だってば。調子狂うわね……そうだ、白いの。あんたなんか話があるって言ってなかった？」

心配されるのに慣れていないのか、エンジュが強引に話題を切り替えてくる。

ああそうだ、この二人にシアの正体を明かすつもりだったのだ。

「話というのはこのシアのことだ」

「シアがどうかしたの？」

「いや、この場所ではまずい。人のいないところに行くとしよう」

俺はシア、サーシャ、エンジュの三人も含めて【疑似転移】を発動させた。

「っ……あんた、勝手に変な魔術使うんじゃないわよ」

「変な魔術とは失敬な。【疑似転移】と呼べ」

「ウィズ様、ここどこですかー？」

「レガリア魔導学院の屋上だ。ここなら盗み聞きされることはあるまい」

移動先はレガリア魔導学院の屋上。普段ならともかく休日なので人の姿はない。ここなら誰かに話を聞かれる心配はないだろう。

「さて、サーシャにエンジュ。今からお前たちにシアの正体を明かす。……だが、これは俺にとって重大な情報だ。他言はしないでもらいたい」

「わかりました！」

「……そんな大切な情報を私に話していいわけ？」

「ああ。心配は無用だ」

エンジュの言葉に俺はパチンと指を鳴らした。

すると虚空に半透明の画面が浮かび上がり――


『よーしよし。よーしよしよしよしよしよし。ここがいいの？　それともこのあたりかしら？』

『にゃあー（じたばた）』

『～～～～～！　ああもうっ、なんでそんなに可愛いのよ！　連れて帰るわよ、もう！　もうっ！（ぎゅううううっ）』


「――ってこれさっきの猫カフェでの映像じゃない！　なんてことしてくれるのよ！」

「こんなこともあろうかと【保存《メモリー》】の魔術を使っておいた。エンジュよ、お前がこれから話す情報を言いふらすのであればこれを公開する」

「こ、この外道《げどう》……！」

【保存《メモリー》】の魔術は記録した映像を一定時間残しておける魔術だ。これを専用の記録媒体に移せば、映像を保存画として何十年も残すことができる。

プライドの高いエンジュのことだ、この醜態をさらされるのは耐えられないだろう。

「わかったわよ、言わなければいいんでしょ⁉」

「俺の誠意が通じたようで何よりだ」

「どの口が誠意とか言ってるのよ……」

同意も得られたところで、俺はシアの正体について二人に話した。

聞き終えたサーシャとエンジュは目を瞬かせた。

「竜、ですか？」

「この小さい女の子がねえ……」

明らかに信用していない表情だ。

まあ、妥当《だとう》な反応だろう。

「シア、この二人に元の姿を見せてやれ」

「わかったー」

シアの体が光に包まれ、その姿が人間の少女から空色の鱗の小竜へと変わっていく。

『じゃーん』

「わあ……本当にシアちゃんが竜になっちゃいました」

「しかも竜の姿なのに喋ってるし……そこの白髪、あんたが幻覚の魔術とか使ってるんじゃないでしょうね？」

「白髪とか言うな。俺は何もしてない、これがシアの本当の姿なんだ」

信じられない様子のサーシャとエンジュだが、その後もしばらく竜の姿のシアと話したり、触れ合ったりすることで徐々に現実を受け止めていく。

ちなみに俺はその間、シアの姿が万が一にも他者に見られないように【認識阻害《にんしきそがい》】の魔術で屋上全体を覆っていた。【認識阻害】は【疑似転移】と同じく俺のオリジナル魔術で、これの範囲内にいる限り他者から注目されることがなくなる。

周囲に人の気配はないが、警戒しておくに越したことはない。

「喋る竜、ねえ。……あんたが隠そうとするのもわかるわね」

「察してもらえて助かる」

「けど、ずっと隠すわけにはいかないでしょう。クリード諸島にいる竜……ニルベルンだっけ？　魔族の情報を持ってるなら、そいつの知識も残らず聞き出す必要があるし」

エンジュの言葉に俺は頷く。

「わかっている。だが、ニルベルンを魔導士協会に引き渡せば、拷問にかけられる可能性がある」

「……そうね」

ジルダたち魔人族に関する対策は魔導士全体の命題だ。情報源があるとわかれば、魔導士協会はどんな手段を用いても吐かせようとするだろう。

だが、シアの親代わりであるニルベルンに危害を加えさせるつもりはない。

「シアとニルベルンに関しては、頃合いを見計らってしかるべき相手に話す。魔族に関する情報も俺が責任をもって聞き出す。だからお前も黙っていてくれ」

俺が言うと、エンジュはため息を吐いた。

「本来なら協会に伝えなきゃいけないところだけど……見なかったことにするわ。シアにはさっき助けてもらったしね。でも、きちんと魔人族の情報はあんたが責任持って聞き出しなさい」

「ああ、助かる」

エンジュは一級魔導士であり、家格も高い。

魔導士として責任ある立場だが、どうやら当面はシアのことを見逃してくれるようだ。

おそらく今日一日シアと接することで、人間に害をなす存在ではないと認めたんだろう。

いけ好かない女ではあるが、その温情には感謝する必要があるだろうな。

などと考えていると、サーシャがこんなことを言った。

「ウィズ様、シアちゃんのことはお母様にも言ったほうがいいんじゃありませんか？」

「イリスにか？」

「はい。お母様が事情を知っていたら、シアちゃんのことで何かあってもフォローできると思います」

確かにその通りだ。

学院にいる以上は、学院長のイリスに事情を説明したほうが何かと便利だろう。

「わかった。では、今から学院長室に行ってこよう」

「はい。それがいいと思いますー」

「シア、人間の姿に戻れ」

『わかったー』

竜の姿だったシアが再び人間の姿になる。ついでに張っていた【認識阻害】の魔術も解く。

「ではお前たち——さらばだ。清聴《せいちょう》、感謝する」

バサァッ……とローブを翻《ひるがえ》し、俺はシアを連れてその場を後にするのだった。

「……なんか微妙にムカつくわねあの仕草。全部バラしてやろうかしら」

後ろからエンジュのそんな呟きが聞こえてきた。

一体何が気に食わないというんだ。

◇　◇　◇

学院長室に足を運ぶ。

「おや、ウィズ君。どうしたんだい？」

イリスは執務机について何やら作業をしているようだった。おあつらえ向けに他に人影もない。

「イリス、このシアについて話がある」

「シア君について？」

俺はサーシャやエンジュにしたのと同じ説明を、イリスに対しても行った。

「……というわけだ」

「なるほど。ウィズ君の妹っていうのは嘘だとわかっていたけれど……まさか使い魔だとは思わなかったな」

「こいつはどうも勝手に階級章から出てくるようで、扱いに困っている。下手をすれば学院を好きにうろつくかもしれない」

「だってウィズが全然遊んでくれないんだもん」

仕事があるんだから仕方ないだろうが。

「わかった。シア君に関しては私のほうでもできる限りフォローするよ。そこで提案なんだけど……シア君をウィズ君の講義に参加させるのはどうかな？」

イリスの言葉に俺は目を瞬かせた。

「講義に参加させる？　シアをか？」

「まず、この子の実体化を止められないなら、ウィズ君のそばにいてもらうのが一番いい」

まあ、一時的にせよ階級章に戻すことはできるからな。

そうでなくても、目の届くところにシアを置いておけるだけでかなり気が楽になる。

「だからといって講義に参加させるのは極端すぎないか？　いきなり見知らぬ生徒が増えれば他の生徒も怪しむだろう」

「そうだね。だから〝見学生〟の制度を利用するんだよ」

「見学生というと……ああ、入学前に学院の中から環境を見るというあれか」

見学生、とはまだ学生でない者が入学する前に学院での生活を体験できる制度のことだ。

要するに体験入学である。

見学生を装うなら、シアが学院内をある程度動き回っても問題ない。

「ねえねえウィズー、けんがくせいって何？　なんの話ー？」

「簡単に言えば、お前が生徒に混じって学院の講義に参加できるということだ」

「えっ！　いいのー!?　やったーすっごい嬉しい！」

シアが満面の笑みで飛び跳ねる。すごい喜びようだな。

「そうかそうか。そんなに俺のすばらしい教えを受けたいか」

「ううん！　それはどっちでもいい！」

なんだとこの幼女。

シアとそんなやり取りをしていると、イリスが静かに告げた。

「ウィズ君、水を差すようで悪いけど、この状況を解決する手段はもう一つある。そのことはわかっているかい？」

「……当然だ。だが、その手段を取るつもりはない」

イリスが言っているのは、隷属魔術の設定変更のことだろう。

その気になれば、俺はシアに対して強力な思考制限をかけることができる。

言うことを無理やり聞かせることも可能だ。

だが、俺はシアに対してそんなことはしたくない。

ニルベルンにも顔向けできんしな。

俺が言うとイリスは満足そうに微笑《ほほえ》んだ。

「うん、ウィズ君ならそう言うと思ったよ。それじゃあ見学生のほうだね。書類はこっちで作っておくよ」

「よろしく頼む。手間をかけさせてすまん」

「はは、気にしなくていいよ。ウィズ君にはハルバード教諭との教育勝負に集中してほしいからね」

「わかっている」

グレゴリー陣営との模擬戦は来週に迫っている。

俺はそのことを思い出しながら、イリスの言葉に頷きを返した。

第七章　アガサという少女

イリスとの相談の結果、シアはイリスがスカウトした謎の少女、ということになった。

学院内でまで俺の妹、という設定を貫くと、シアは〝魔術を使える平民その二〟になってしまう。

そうなると面倒ごとは確実であり、それを避《さ》けるための措置だ。

こうして俺はシアの兄という立場を失った。

いや、別に最初からシアの兄ではないが。

というわけで、週明けの講義ではまずシアの紹介から始めた。

「えー、諸君。今日から新しく俺の講義に参加する生徒がいる」

「はじめましてーシアだよ！　よろしくお願いします！」

シアが元気よく頭を下げると、生徒たちからは困惑するような反応が漏れる。

説明を追加しておくか。

「シアは見学生だ。いろいろと学院の常識に疎《うと》いところもあるだろうが、ぜひ仲良くしてやってくれ」

シアの立場が明かされたことで、ぱちぱち、という申しわけ程度の拍手が起こった。

まあ最初はこんなものだろう。

シアの紹介はここまでにして、講義に入る。

「先週は魔素干渉力を上げることに費やした。お前たちは随分と成長したが、まだまだ序の口だ。今回の講義からは無詠唱魔術の習得に入る」

「「「……！」」」

無詠唱、という単語に生徒たちがざわめく。

「無詠唱!?　それって一流魔導士の必須技術って言われてるアレか!?」

「私たちもできるようになるの!?」

「それが本当ならすごいことだぞ……！」

いつになくやる気に満ちた声が生徒たちから聞こえてくる。

結局のところ、貴族社会では魔術の腕がものを言う。

レガリア学院は伝統ある魔術学院とはいえ、ここの生徒たちが全員、将来家の領地を継げるわけではない。

そんな連中にとっては魔術の実力が命綱《いのちづな》になりうるのだ。

そして俺にとっても、生徒たちが無詠唱魔術を使えるようになるメリットは大きい。

なぜなら、七日後にはもうグレゴリーとの教育勝負が控えているからだ。

魔素干渉力の増大に加え、無詠唱魔術を習得できる生徒が一人でもいればこちらが大きく有利になる。

「無詠唱の習得は魔素干渉力を増やすよりも難しい。心して挑め」

俺が告げると、生徒たちの顔に緊張感が宿る。

なんだかんだ、ここまでの講義を経て多少は俺の話を聞くようにはなっているようだ。

「では始めるぞ。【魔力感知《マギサイト》】」

まずは生徒全員に【魔力感知《マギサイト》】――魔素の動きが目で見えるようになる魔術をかける。

無詠唱の訓練は、以前サーシャに教えたやり方と同じだ。

「魔素の動きが見えるようになったな？　まずは詠唱で魔術を使い、その時の魔素の動きを観察しろ。そして次に、その動きを詠唱ではなく、感覚のみで再現するんだ」

【魔力感知《マギサイト》】で得られる視覚情報をヒントに、詠唱なしで魔術を再現する。

さすがにこの人数で自由に魔術を撃つと危険なので、人数を分け、横一列に並ばせて順番に的目がけて魔術を放つ。

「火球となりて――うわっ!?」

「くそっ、全然魔素が思い通りに動かない……！」

「無詠唱ってこんなに難しいのか⁉」

生徒たちからそんな悲鳴が上がり始める。

さすがに簡単にはいかないな。

サーシャは治癒属性魔術の無詠唱での発動を一瞬でクリアしていたが、あいつがどのくらい才能に恵まれていたかよくわかるな。

「むう……【水球《ウォーターボール》】」

いや、一人だけ成功させている。

黒髪の小柄な少女、ソフィだ。

なんとか【水球《ウォーターボール》】を無詠唱で撃てている。

感心していると、列から離れたソフィがこっちに駆け寄ってきた。

「我が主《マイロード》、できました」

「うむ。初めてにしてはいい出来だぞ、ソフィ」

「ありがたき幸せ……！」

ソフィの背後にぶんぶん振られる尻尾の幻覚が見える。可愛いやつめ。

「あうっ！」

無詠唱魔術に挑戦している一人が短い悲鳴を上げた。

茶髪で大人しそうな女子生徒だ。

周囲の生徒からは「またアガサかよ」「さすがにこいつはできないだろー」というあざけりの声が聞こえてくる。

俺は尻もちをつく茶髪の女子生徒に駆け寄った。

「大丈夫か?」

「は、はい、なんでもありません。ちょっと魔素の制御に失敗しただけですから……」

茶髪の女子生徒はそう言うと、そのまま列の最後尾に並び直した。

怪我もないようだし、本人が大丈夫と言うなら構わないか。

「……ああもう、どうしてアガサはああどんくさいのでしょうか……」

ソフィが何やら歯痒《はがゆ》そうに呟いた。

「?　どうしたソフィ」

「……いえ、なんでもありません」

首を横に振るソフィ。さっきの茶髪女子に何か思うところがあるのだろうか。

入れ替わるように次の挑戦者が前に進み出る。

「ふっふっふ。シアの番だねー!」

自信満々にそう言うのはシアだ。

見学生の実力がどれほどなのか、他の生徒たちの視線がシアに集まる。

……いちおう、シアには事前に【風刃《ウィンドエッジ》】と【風槌《エアハンマー》】という初歩的な魔術以外使うなとは注意してある。不用意に目立つのを避けるためだ。

これを守っている限り問題はないはず。

「いっくよー！　【風槌《エアハンマー》】！」

バガン！　という音を立て、土魔術で作った頑丈な的は真下から粉々に砕け散った。

「「「……!?」」」

「できたー！」

浮かれるシアと唖然とする生徒たちが対照的だ。

というかあの浮かれ使い魔、よりによって遠隔発動型の魔術を使ったな!?

魔術の発動地点を離れた場所に置くのは、かなりの高等技術だ。

確かに【風槌《エアハンマー》】は使っていいと言ったが、これでは意味がない！

くそっ、シアの正体を怪しまれたか!?

周囲の生徒たちの反応をうかがうと――

「「すっげえええ――――!?」」

生徒たちは叫んでシアの周りに集まり始めた。

「し、シアって言ったよな!?　なんだよ今の魔術！」

「本当に俺たちより年下か!?　いやもしかして〈聖女〉様みたいに、小さいけどめちゃめちゃ年上とか!?」

「しかも無詠唱って、天才すぎるだろ！」

……おお。

意外と好意的だ。俺が在学中に強力な魔術を使った時と違い、生徒たちはシアを素直に称賛《しょうさん》している。

「というかシアってどこの家の人間なんだ？　領地はどのあたりだ？」

生徒の一人がそう質問し、俺はぎくりとする。

もちろんシアに貴族としての家名などない。

見学生の書類作りの際にイリスが適当な設定を用意してくれているが、シアはきちんと言えるだろうか。

「えっとねーそういうのはねー……言っちゃダメなんだー」

間違ってはない。

学院に来る前はクリード諸島の第四島にいた、なんて言ったらいろいろと終わりだ。

というかやっぱり設定を覚えていなかったなあいつ。

シアの言葉に生徒たちの間に衝撃が広がっていく。

「領地を言えないって……」

「まさかお妾《めかけ》の子で認知されてないとか？」

「苦労してるのね……グスッ……」

都合よくシアの身の上を誤解していく生徒たち。

思いがけない展開だが、シアが疑われている様子はない。

むしろシアを気遣うように、「悩みがあるならなんでも言えよ！　相談に乗るからな！」と励ます生徒までいる始末だ。

……なんとかなったか。

シアが遠隔魔術をぶっ放した時にはどうなるかと焦ったが、まあ、結果がこれなら問題ない。

そんな感じでシアが参加した初めての講義は、無事に終わった。

◇　◇　◇

その日の放課後、俺はシアを連れて学院の中を案内していた。

「んふふ～」

シアは上機嫌そうに歩調を弾ませている。

よほど人間社会を体験できているのが嬉しいようだ。

と、不意に誰かが反対方向からこちらに歩いてくる。

「……ふん、ウィズ・オーリアか」

「なんだ、輝ける頭部《シャイニングヘッド》ではないか。一週間ぶりだな」

「その呼び方をやめろと言っているだろうが！　儂の名前はグレゴリー・カウン・ハルバードだ！」

髪を剃り上げた大柄な男性教師が、一人の生徒を伴いこちらに歩いてくる。

俺の教育勝負の相手、グレゴリーだ。

生徒のほうは知らない。

おそらくグレゴリーの受け持つ一年生だろう。身長は百八十C《セル》を超え、がっちりとした体形だ。

「グレゴリー、そちらの調子はどうだ？」

「馴れ馴れしいやつめ……当然、完璧に仕上げている。どんな教育を行っているか知らんが、貴様の受け持ちの生徒では相手にならんだろう」

自信満々でグレゴリーがせせら笑う。

勝負のルールとして、俺とグレゴリーの魔術指導は時間か場所、もしくはその両方をずらし、お互いのやり方がわからないようになっている。

「えらく自信があるようだが、そううまくいくかな？」

「いくにきまっているだろうが。何しろ儂の教育に加え、こちらにはこの〈白鉄〉のレックスがいるのだからな！」

連れている男子生徒を見やりグレゴリーが告げる。

〈白鉄〉のレックス――つまり二つ名持ち。

二つ名は一級魔導士や、大きな成果を挙げた者のみが協会から与えられるものだ。

「貴様も元同学年だったのだから、レックスの実力は知っているだろう？　こやつは魔族ジルダが街を襲った際、果敢《かかん》にもジルダが連れてきた魔獣たちを十体以上も葬《ほうむ》ったのだ！」

グレゴリーの賛辞を受けて、レックスが誇らしそうに頷く。

ふむ。

「……誰だ？」

がくっ、とグレゴリーとレックスが姿勢を崩した。

「貴様なぜ知らんのだ！　少し前まで同級生だったのだろうが！」

そう言われても、当時の俺はリックやら学院長の相手やらで忙しかったしな……

いや、待てよ。

そういえば所属する一門への依頼に協力するとかで、よく欠席していた生徒がいた。

圧倒的な実力ゆえに一門への貢献を求められた生徒が。

あれは確か――

「学年一位、レックス・カウン・バーニア」

「ようやく思い出したようだな」

グレゴリーが満足そうに頷く。

まったく、とんだ伏兵がいたものだな。当日は楽勝とはいかなそうだ。

「最初から貴様に勝ち目などないのだ、愚かな平民よ。恥をかく前に学院を出ていったほうがいいのではないか？」

「――ウィズは負けたりしないよ！」

「なんだと？」

声を上げたのはシアだ。

グレゴリーとレックスをじっと睨んでいる。

「おい、平民。この子どもはなんだ。うちの生徒ではなかろう？」

「見学生のシアだ。今日から俺の受け持ちに加わっている」

「見学生か。確かに報告は受けているが……こんな幼い子どもだったとはな」

グレゴリーが意外そうに呟く。

「心配しなくても、こいつは教育勝負には出さないから安心しろ。俺はあくまで公平に戦う」

俺の講義に参加しているとはいえ、グレゴリーと勝負を決めた際にはいなかったのだ。

これでシアを出場させたりしたらルール違反もいいところだ。

というか、そもそも純粋な生徒と言っていいかわからんしな。

グレゴリーは抑えきれない、というように笑った。

「公平、か。くく、貴様はまだ気づいていないのか？」

「なんだと？」

「後で生徒の名簿をよく見るがいい……ああ、その見学生も勝負に参加させて構わんぞ。その程度でうちの生徒たちが負けるとは思えんからな」

そんな言葉を残し、グレゴリーはレックスを連れて去っていくのだった。

一体なんだったんだ？

◇　◇　◇

「むー……」

「何をそんなに拗《す》ねているんだ、シア」

「拗ねてないけどイヤなのー！　さっきの人、ウィズをあんなに馬鹿にして……なんであんなに酷いこと言うのー！」

がるるる、と唸りながらシアが叫ぶ。

どうやらグレゴリーとのやり取りに憤慨してくれているようだ。

「いいかシア、俺ほど才能豊かな人間はいろいろな人間に嫉妬《しっと》される。それを受け入れてやるのもまた強さだ」

というかもう慣れてしまったのでなんとも思わん。挨拶の一種のようなものだ。

「でも、ウィズはシアのこと外に連れ出してくれたし……それに、隷属魔術だっけ？　これもすっごく威力を弱めてシアを気遣ってくれてるでしょ」

「……気づいてたのか」

「当たり前じゃん！」

シアは魔素の扱いに長《た》けている。

自分にかかっている魔術が本来どんなものなのか、理解できていてもおかしくない。

「ウィズはすっごく優しくていい人なのに、なんであんなこと言われなくちゃならないの！　ウィズ、今度あの人と戦うんでしょ？　シアもやる！」
「あのなあ、お前は普通の人間とは違うだろうが」

「でも生徒だもん！　生徒同士で戦うならシアが出てもいいでしょ？」

まあ、ルール上は問題ないかもしれないが……

そんなことを話しながら修練場を通りかかると。


『アガサ、もう少し丁寧に魔素を操りましょう。これでは来週にはとても――』

『うん……でも、困ったなあ。全然できる気がしないよ……』


「……ソフィか？」

「！　我が主《マイロード》、こんな時間にどうしてここに？」

そこにいたのは黒髪と小柄さが特徴的な女子生徒、ソフィだった。

もう一人は大人しそうな茶髪の女子生徒だ。

ソフィと同じく一年生で、確か俺の受け持ちだったはず。

名前は確か、アガサ、とか言ったたか。

「俺はこのシアに学院を案内していた」

「してもらってたー！」

「そっちは魔術の特訓か？」

俺が聞くとソフィは「はい」と頷いた。

「このアガサに魔術を教えていました」

「ええと、アガサ・バル・トルマリンです。ソフィちゃんとは寮のルームメイトです」

「なるほど、そういう関係か。しかし特訓とは感心だな」

俺がうんうん頷くと、ソフィはどこか焦った様子で続けた。

「はい。ハルバード先生陣営との勝負までもう時間がありません。一刻も早く、私たちは強くならなくてはなりません。万が一負ければ我が主《マイロード》は学院を去ることに……！」

「あまり思いつめるな、ソフィ。それに生徒たちの実力はおおむねグレゴリー陣営の生徒と変わらない。とすれば、魔素干渉力が上がっているぶんお前たちが有利だ」

「……まさか、我が主《マイロード》。お気づきでないのですか？」

「何にだ？」

俺が怪訝に思って聞き返すと、ソフィは神妙な顔で告げた。

「生徒の割り振りには偏りがあります。確かに総合成績ではどちらの陣営も対等ですが——実技に限れば、学年の上位のほとんどをあちらが確保しているんです……」

……なんだと？

◇　◇　◇

生徒の実力が互角《ごかく》になるよう一年生を二つのグループに分け、俺とグレゴリーが片方ずつを受け持つ。

それが今回の教育勝負の大前提だ。

生徒を分けたのはまったく別の教師で、学院長であるイリスもチェックした。

しかしここに落とし穴があった。

互角になっているのはあくまで座学を含めた全体的な成績。

模擬戦に必要な実力のみを見れば、グレゴリー陣営の生徒たちのほうが圧倒的に強いというのだ。

少なくとも、実技成績で学年のトップ五人は向こうが確保しているらしい。

「…………馬鹿な。成績順に振り分けたとしてもそこまで偏るはずが……」

「……おそらく、リストを作った教師がハルバード先生とグルなのでしょう。学院長もチェックしたと聞いていますが、あの方も今年から学院に来たばかり。総合成績ならともかく、一科目単位での生徒の成績まで把握しているとは思えません」

ソフィが重い口調で言う。

グレゴリーがさっきあそこまで自信ありげだったのはこれが理由か。あいつは長くこの学院に勤めているため、生徒一人一人の実力にも詳しい。また、平民である俺を排斥《はいせき》するためと言えば、他の教師に細工を頼むのも簡単だ。

「生徒の多くは我が主《マイロード》とハルバード先生の勝負が出来レースだと思っています。しかし、私は我が主《マイロード》をこの学院から去らせるわけにはいきません……！」

「それでルームメイトの特訓に付き合っているわけか」

「その通りです」

ソフィは頷く。

なるほど、事情は理解できた。

しかしよくもまあ小細工をするものだな、グレゴリーのやつは。敵であれば徹底的に叩くという姿勢は認めてやってもいいが。

「……シアちょっとグレゴリーをかじってくる」

「名案ですね見学生の子。私も何か所か刻みたいと考えていたところです」

「落ち着けお前ら」

目を爛々《らんらん》と輝かせてどこかに向かおうとするシアとソフィの首根っこを確保しておく。グレゴリーを攻撃してこちらの反則負けになったらどうする。

「まあ、今さら抗議してもとぼけられるだけだ。それでソフィ、お前はこのアガサに魔術を教えていたんだろう？　何を教えていたんだ？」

「ご、ゴーレム魔術です。わたし、どうしても【土造形《ランドフォーム》・ゴーレム】をマスターしたくて」

「ふむ。【土造形《ランドフォーム》・ゴーレム】か。また難易度の高いものを選んだな」

造形魔術の中でもゴーレムを造り出すものは扱いにくい。

ゴーレムは重量がありすぎるため、操作をミスすると簡単に転んでしまうのだ。

「すみません……でも、どうしてもゴーレム魔術でなくてはならないんです」

はっきりと言うアガサの瞳の奥には、意志の光が燃えている。

何か事情があるのだろうか？

まあ、深くは聞くまい。

重要なのは、俺には今一人でも多くの実力ある生徒が必要で、アガサとは利害が一致しているという事実のみ。

「――強さが欲しいか、アガサよ」

「へ？　ほ、欲しいです！」

「ではこの俺が授けてやろう。特別講義の時間だ……」

「い、いいんですか⁉　ありがとうございます、オーリア先生！」

俺の言葉に感激したように目を潤ませるアガサ。

先に教えていたソフィの立場を奪う形になってしまったが、ソフィのほうは特に気にしていないようだった。

というか「羨ましい……」と呟きながらアガサをじと目で見ていたので、別の感情が渦巻いているような気がする。

◇　◇　◇

「土塊《つちくれ》の傀儡《かいらい》となりて現れよ。精強なる拳にて岩を穿《うが》ち砦《とりで》を守れ——【土造形《ランドフォーム》・ゴーレム】！」

アガサが魔術を発動すると、地面から体高一・五Mほどのずんぐりしたゴーレムが出現した。

「はあっ、はあっ……！　ど、どうですか先生！」

「ふむ。なかなかのものだな」

「本当ですか⁉」

肩で息をしていたアガサだが、俺の称賛を受けて笑みを浮かべる。

俺の言葉は嘘ではない。

目の前のゴーレムはなかなか見事な出来栄《できば》えだ。

よほど丁寧にイメージを働かせているのだろう。

「ゴーレムを動かせるか？」

「……やってみます」

アガサが真剣な表情で頷き、意識を集中させる。

余談だが、魔導具のゴーレムは制御石と呼ばれるアイテムで動きを操るのに対し、魔術で造ったものは術者のイメージのみで動かすことができる。

アガサの作ったゴーレムはゆっくりと一歩を踏み出し――

ズシャアッ

そして見事に転倒してその巨体を土の塊に戻した。

「動かすと崩れてしまうのか」

「……はい。ゴーレムを造るまではできるんですが、自由に動かすのが難しくて」

無理もない。ゴーレムは重量があるためよほど精密に動かさないと転んでしまう。

また、ゴーレムを維持するための魔素消費も大きいため、操作に集中しすぎると今度は本体が崩れる。

「アガサは魔素の扱いが致命的に不器用なんです。しかも魔素干渉力も低いので、他の生徒からは落ちこぼれ扱いをされています」

「そ、そうだけど、そんなにはっきり言わなくても……」

ソフィの注釈《ちゅうしゃく》にアガサが本気で傷ついたような顔をする。

そういえば、アガサは俺の受け持ちの中でも一番魔素干渉力が低かったな。

さらに講義中、何度か他の生徒に馬鹿にされているのを見たような気がする。

「教えてください、オーリア先生！　どうすればゴーレムを自在に操れますか⁉」

アガサが前のめりに尋ねてくる。

その瞳は期待で輝いている。

「ふむ。ゴーレム魔術の使い方か」

「はい！」

アガサの質問に対し、俺はゆっくりと目を閉じ……

……………どうやって教えればいいいんだ……？

目の前に出現した壁に内心頭を抱えた。

サーシャに浄化魔術を教えた時と同じ流れだ。

ゴーレムなんてなんとなく動かせるようになるものではないのか⁉　どうすれば一歩も動かせないなどということになる⁉

俺は教師になるにあたって、事前に綿密《めんみつ》な計画を練ってきた。

魔素干渉力の上昇。

無詠唱魔術。

魔素による身体強化。

魔術の基礎に関しては完璧に教えられるよう準備してきた。

だが、まさかゴーレム魔術とは予想外だ。

あれは少なくとも一年生――五級魔導士のうちから手を出すようなものではない。

俺の中でまだ教え方がまとまっていないのだ。

こんなタイミングで指導することになるとは……！

「あー……アガサよ。何もゴーレム魔術にこだわる必要はないのではないか？」

ここで「教え方がわからない」などと言おうものなら、俺の教師としての立場が砕け散る。

それに土属性魔術の中には他に強力なものがいくらでもある。

ここは一旦他の魔術で妥協させたいと、

「……わたしの実家の領地は、魔獣が多い土地です」

俺の言葉に対し、アガサは静かな声色で語り始めた。

「そんな中、代々トルマリン家の当主は得意とする土魔術によって領民を守ってきました。特にゴーレム魔術はトルマリン家の象徴であり、領民たちにとっては心の拠《よ》りどころそのものです」

「……」

「わたしは領民を安心させようと、必死にゴーレム魔術を練習しました。でも、うまくいかなくて……そんな時、父上がわたしにこのレガリア魔導学院に入学するよう勧めてくれました。学費を払うのもギリギリなのに、わたしに強くなってほしいからって。強くなって、領民を守れる立派なゴーレム使いになってほしいって……っ！」

「…………」

「だから、わたしは強くならなくてはいけないんです！　父上や、領民のみんなの期待に応えるためにも！　だから――どうかわたしにゴーレム魔術を教えてください！　お願いします！」

「…………」

どうする俺。これは意地でもゴーレム魔術を教えなくてはならない空気だぞ……？

「えっとねーそれねー、上半分だけでやってみたらいいんじゃない？」

と、そんなことを言ったのはシアだった。

「上半分？　どういうことですか？」

「ゴーレムを全身動かすのが難しいんでしょ？　なら、まずは腕と胴体だけで練習してみようよ！　そしたらゴーレムの動かし方にもだんだん慣れてくるだろうし！」

こんな感じー、とシアが風魔術でゴーレムの上半身のみのシルエットを作り、拳を振り回させてみせる。

「な、なるほど、そんな手が……オーリア先生、やってみてもいいですか？」

「あ、ああ。構わんぞ」

アガサが再度【土造形《ランドフォーム》・ゴーレム】を唱える。

現れるのは上半身のみのゴーレムだ。

アガサが念じると、ずず、ずず、と上半身ゴーレムはゆっくりと進み出す。

下半身込みでバランスをとる必要がないため、上半身ゴーレムの操作は全身のものよりかなり簡単にできるようだ。

「で、できました！　初めてです！　こんなにゴーレムを動かせたのは！」

感激したようにアガサが叫ぶ。

俺はシアを手招きして耳打ちする。

「……シア、お前どうしてゴーレム魔術の教え方なんて知ってるんだ？」

「ニルベルンが教えてくれたの。ニルベルン、魔術教えるのうまいんだよー」

「そうか、ニルベルンが……」

確かに人にものを教えるのが得意そうな雰囲気をしていたな、あの緑色の竜。

そういえばオークキングを倒した時も、シアは条件発動型の魔術をニルベルンに教わったと言っていた。

……今度魔術の教え方に詰まったら尋ねに行くか。

さて、その後も俺たちは数時間ほどアガサの特訓に付き合った。

ゴーレムを動かせるようになったのがよほど嬉しいのか、アガサは凄まじい集中力を発揮し――なんとその日のうちに、上半身限定ではあるが、無詠唱の【土造形《ランドフォーム》・ゴーレム】を使えるようになってしまった。途轍《とてつ》もない進歩だ。

一方、ソフィのほうもいくつか簡単な無詠唱魔術をマスターした。

アガサが特訓している間にいくつかアドバイスをしたのだが、それであっさりできるようになってしまったのだ。こいつもなかなか才能がある。

あっという間に数時間が過ぎ、寮に戻る時間となった。

「今日はありがとうございました、オーリア先生！」

満ち足りた表情でアガサがそう言ってくる。

「俺はほとんど何もしていないぞ」

「わたしが魔素を使い尽くすたびに、補充してくれたじゃないですか」

「ああ、【代理干渉《だいりかんしょう》】のことか」

あれを使えば、俺が集めた魔素を他人のコントロール下に移すことができる。

今日の訓練でアガサが魔素切れを起こすたび、俺がアガサに魔素を補充していた。

「あんな魔術、初めて見ました。オーリア先生はあれをどこで知ったんですか？」

「知ったというか、俺が作った。なんかできそうだったからな」

「え」

【疑似転移】や【認識阻害】と同じく俺のオリジナル魔術だ。まあちょっとした思いつきの産物で、特に用途を考えていたわけではないんだが。

「魔術を作った……？　あんな複雑なものをこの若さで……？」

「アガサ、我が主《マイロード》に常識は通用しません。この程度で驚くようではまだ信仰が足りませんよ」

混乱するアガサにソフィがそう言った。なかなかわかっているじゃないか。この程度の技術、俺の天才性の全体から見れば氷山の一角に過ぎない。

「まあそれはいいとしてだ」

アガサの視線をシアのほうに誘導する。

「礼を言うならシアにしておけ。はっきり言うが、俺はシアの言っていたやり方は知らなかった。あいつがいなければ、今日ほどの進歩はなかっただろう」

情けない話だがそれは事実だ。

いや、時間がなかっただけだが？

準備の時間さえあればゴーレム魔術だって教えられたはずだが？

しかし現実として、今回の手柄はシアのものだろう。

「そうですね。シアちゃん、ありがとうございます」

「え？　う、ううん。いいよ、ぜんぜん」

なぜか動揺するシア。

さてはこいつ、礼を言われるのが初めてで困惑しているな。

「本当に感謝しています。何かわたしにできることはありますか？　なんでもやりますよ！」

アガサの言葉に、シアは少し悩んでからこう答えた。

「……じゃあ、シアと友達になってくれる？」

「もちろん！　わたしでよければ！」

「では私も友達に立候補します。我が主《マイロード》のよさを一緒に分かち合いましょう、シア」

「えへへ……ありがと、二人とも」

アガサに続いてソフィも手を挙げ、シアは照れたように笑うのだった。

◇　◇　◇

「すう……はあ……いきます、【土造形《ランドフォーム》・ゴーレム】！」

「「「なんだとぉおおおおおっ⁉」」」

翌日の講義で、アガサが放った無詠唱のゴーレム魔術を見て生徒たちが絶叫した。

「ありえない……あのアガサが上半身だけとはいえゴーレムを操るだって⁉」

「しかも無詠唱だぞ！」

「そんな馬鹿な……ッ！　俺、あいつにだけは負けないって思ってたのに！」

生徒たちが頭を抱える中、すまし顔でソフィが前に出る。

「【水球《ウォーターボール》】」

「「「お前もかよおおおおおっ⁉」」」

二人目、いやシアも含めれば三人目だが、無詠唱魔術をマスターした同級生を見てさらなる絶叫が上がる。

無詠唱魔術を講義で取り上げたのは昨日だ。

当然、ほとんどの生徒はまだ習得できていない。

そんな中、一番出来が悪いとされていたアガサまでもが無詠唱で魔術を使えているというこの状況は、生徒たちの予想を超えていたようだ。

「平民！　俺にも無詠唱を教えてくれ！」

「そうだ、早く教えろ！　どうせお前が何かしたんだろ！」

「アガサができるようになるなら俺たちだってできるようになるはずだ！」

「それが人に教えを乞《こ》う態度か？」

「「「お願いしますオーリア先生！」」」

なんて現金な生徒たちなんだ。

まあ、やる気が出たならよしとするか。

「いいだろう――そこに並べ雛鳥たち。そこまで言うなら徹底的に叩き込んでくれる！」

かくしてアガサたちに影響された生徒たちは、ここから数日で半数近くが無詠唱魔術を使えるようになるのだった。

「アガサ、ひどい言われようだねー」

「あ、あはは。もう慣れました……」

「まったく、アガサは気が弱すぎるのです。仕方ありません、ここは私がビシッと」

「ソフィちゃん待って！　やり過ぎる予感しかしないから！」

ちなみにシア、アガサ、ソフィの無詠唱魔術を習得している三人は仲良さげに談笑していた。

使い魔に友達ができたことは、素直に喜んでやるとするか。

……講義は真面目に聞いてほしいものだが。

第八章　クリード諸島再び

「久しぶりですね、ウィズ」

「ああ」

「ニルベルン久しぶりー！」

クリード諸島の第四島。

その奥にある洞窟へと俺とシアはやってきていた。

用件はニルベルンへの近況報告である。

ニルベルンは島を出たシアのことを心配しているだろうし、クリード諸島は【疑似転移】の対象内なので移動も一瞬で済む。

「それでねーソフィとアガサとこの前一緒にご飯食べてねー、他にも友達がいっぱいできたの！」

「そうですか。シア、島の外での生活は楽しいですか？」

「すっごい楽しい！」

「それはよかったです」

嬉しそうに語るシアを見て、ニルベルンは微笑ましそうに目を細めた。

ふとニルベルンはシアに言った。

「……シア、せっかく戻ってきたのです。島を散歩してきたらどうですか？」

「それもいいねー、じゃあウィズも一緒に行こー！」

「いえ、ウィズは私と話があるのです」

ニルベルンにそう言われ、シアは「わかったー」と告げてから洞窟を出ていった。

「で、話があるのか？　ニルベルン」

「話というほどのことでもありませんが……あなたに感謝の言葉を伝えておこうかと」

「感謝？　シアのことか？」

「はい」

ニルベルンは頷く。

「シアは人間たちに対して憧れを持っていました。それは孤独が原因です。我々は知性ある魔族であり、魔獣たちとは絆《きずな》を作れません。シアには私以外に心を許せる相手はいませんでした」

俺たち人間と同じように、魔族も魔獣に攻撃されるということか。

「ん？　いや、ジルダは魔獣を連れて街を襲っていたぞ」

「それは魔人族特有の能力です。私やシアのような魔竜族に、魔獣を操る力はありません」

「ふむ」

「それに、あったとしてもシアの孤独が癒されることはなかったでしょう。シアが求めていたのは、心から気を許せる対等な友人だったのですから」

ニルベルンは視線を洞窟の外に向ける。

「この島……クリード諸島の第四島は結界に覆われていて出られませんが、端まで行けば他の島の様子を見ることができます。シアはそこで、他の島にやってくる人間たちをよく見ていました」

「人間たちを？」

「はい。彼らはある時期になると集団で島にやってきます。力を合わせて魔獣と戦い、日が暮れれば建物に集まり温かい食事をとる。シアはそれをずっと羨ましく思っていたのでしょう」

ニルベルンが言っているのは、おそらく魔導学院が開催する使い魔確保のイベントだ。どの魔導学院でも、春になると、教師が四級に上がった生徒たちを連れて使い魔を探しにクリード諸島へとやってくる。

滞在先は結界で守られた宿舎。そこでは野外でバーベキューをしたり、決闘のレクリエーションが行われたりとたくさんの催《もよお》しが行われる。いわゆる臨海学校というやつだ。

シアはずっとそれを見てきた。

自分では決して破れない結界の反対側で、楽しそうに時間を過ごす人間たちを、ただ見てきた。

ニルベルン以外に話し相手のいない、このクリード諸島の第四島で。

「……なるほどな」

どうりでアガサやソフィと友達になれた時、あんなに嬉しそうにしていたわけだ。

シアにとって年の近い友人ができるのは特別なことなんだろう。

普段明るく元気なあいつが、緊張してしまうほどに。

「だから、私はあなたに感謝しているのですよ、ウィズ。あなたがここに来てくれてよかった」

「俺は単に竜の使い魔が欲しかっただけだがな」

「はは、それでも構いませんよ。シアの笑顔を見られれば、理由などどうでもいいのです」

ニルベルンは穏やかにそう告げた。

そんなことを話していると、不意に。

ドガアアアアン、という音が外から聞こえた。

「……なんだ？」

「わかりません。行ってみましょう」

俺とニルベルンは洞窟の外に出た。

「なんでいきなり襲ってくるのー！」

『シャアアアアアアアアアアアアアアッ！』

竜の姿となったシアが、巨大な蛇型魔獣と戦っている。

蛇型魔獣は全身が黒い鱗で覆われており、口からは時折毒々しい黒い煙を吐いている。

「【雷光《ライトニング》】」

『ジャアッ⁉』

雷撃を蛇型魔獣に浴びせる。

しかし蛇型魔獣はかなり頑丈らしく、俺の魔術を耐えてのけた。

「ウィズー！」

シアがこちらに移動してくる。

竜の姿になっているということは、敵はシアが本気になるくらいには強いんだろう。

「ニルベルン。あの蛇型魔獣に心当たりは？」

「……ありません。しいて言えば、アクアサーペントに似ていますが……あんな黒い煙を吐き出す能力はなかったはずです。外見も違いますし」

この島にずっといるニルベルンですら知らない魔獣か。

クリード諸島の特性上、新しい魔獣が湧いたという可能性もある。

だが、どうもそんな普通の事態ではないように思える。

なぜなら、俺はあの蛇型魔獣が吐き出す黒い煙に心当たりがあるからだ。

「ねえウィズ、あの蛇、この前の狼となんか似てる気がするー……」

シアに同意だ。

リンドの街で急に暴走した魔導兵の狼型使い魔も、同じような特殊攻撃を使ってきた。

口から吐く黒い煙も、黒色の全身も共通している。

無関係なんてことがあるだろうか？

となると――〝あれ〟もまた近くにあるかもしれないな。

「シア、ニルベルン、下がっていろ。あれは俺が倒す」

別にこの二人でも蛇型魔獣に負けたりしないだろうが、今回は倒し方を工夫する必要があるのだ。

『シャアアアアアアッ！』

「【聖障壁《セイクリッド・バリア》】」

蛇型魔獣の突撃を、呪いすら防ぐ障壁魔術で防御。

その隙に【探知《ソナー》】を発動させ周囲を探る。

見つからない。さらに魔力反応を探る精度を上げていく。さらに上げる。

――見つけた！

「【固定《セキュア》】！」

蛇型魔獣とはまったく関係ない方向に対して固定魔術を使う。

がきんっ、という手ごたえ。よし、今度は確保できたな。

後はこの蛇型魔獣を倒すだけだ。

「まったく、どこのどいつか知らんが面倒なことをするものだ。だが、この俺に小細工が何度も通用すると思うなよ？　――【聖槍《ホーリーランス》】」

『――――ッ!?』

聖属性の槍で蛇型魔獣を倒す。

呪いを消す聖なる魔素を浴びた蛇型魔獣は、その全身を黒から青色へと変えた。

いや、戻ったというべきだろう。

やはりこの蛇型魔獣も、以前の狼型使い魔と同じで、何者かによって変身させられていたのだ。

「……ジルダを倒すほどですから、強いとは思っていましたが……これほどとは……」

「だよねーウィズってちょっとおかしいよね……」

竜コンビが唖然としている。

やれやれ、また俺の圧倒的な実力で心を奪ってしまったか。いずれ俺を崇拝する世界規模の宗教ができるかもしれんな。

「「化け物……」」

「他にもう少し言いようがあるだろう」

こいつらにだけはそんな評価をされたくない。

さて、俺は蛇型魔獣を放置してがさがさと茂みの中に入っていく。

そこには――

「……ゴーレム？」

さっき俺が使った【固定《セキュア》】によって活動を停止しているのは、手のひらサイズの小さなゴーレムだった。

顔の中心には眼球のようなパーツがあるので、おそらく偵察用のものだ。

このゴーレムが見たものは術者に共有されるんだろう。

狼型使い魔を倒した後、街中で見かけた小さな砂の山の正体はこれだったのだ。役目を終えた後は自壊して砂に戻るよう仕組まれているわけだ。

「ウィズ、それなにー？」

「偵察用の小型ゴーレムだ。おそらく今の戦いを観察するために用意されたものだろう」

「ふうん……？　観察って誰が？」

「わからん」

狼型使い魔の一件の時にはこいつを捕まえ損ねたからな。

だが、こいつを解析すれば術者についてもある程度の情報は入るだろう。

シアとそんなやり取りをしていると。

突然、小型ゴーレムの内部で魔素が膨張した。

「――【障壁《バリア》】！」

俺が咄嗟に障壁魔術を張るのと同時に、ボンッ！　と小型ゴーレムが爆発する。

「チッ……自爆機能を持たせていたか」

あくまで予想だが、ゴーレム内部に核を守る防壁が張られており、その内側だけは俺の【固定《セキュア》】を逃れていたのだ。

そしてそこに自爆装置が込められていた。

ゴーレムから術者の情報が漏れないようにするためだろう。

なかなか用心深いな。

「今のゴーレム、中に核がありましたね」

ニルベルンが口を開いた。

「ゴーレムなんだから核はあるだろう。核を中心に砂や岩を集めて本体を作るんだからな」

「私が言いたいのは、その核が異様に小さかったということです。おそらく砂粒程度でしょう。そのサイズであれば服の中に潜ませても気づかれませんせん」

服の中、というとポケットなどだろうか。

ニルベルンの言いたいことがわかった気がする。

「つまり、術者は俺の【疑似転移】を利用してここにゴーレムを送り込んだということか？」

「あくまで可能性です。しかしウィズ、気をつけたほうがいいでしょう。あなたは何者かに狙われているかもしれません」

「わかった。気をつけておく」

ニルベルンは俺の返事に頷きながら言った。

「ぜひそのように。ウィズ、あなたはシアの伴侶《はんりょ》となるかもしれないのですから、怪我をされては困ります」

「お前は何を言っているんだ」

「？」

ニルベルンの言葉が理解できないのか、シアはきょとんと首を傾げていた。

◇　◇　◇

「さすがはジルダを倒した人物ですね。まさか私のゴーレムに気づくとは」

レガリア魔導学院の敷地内で、コーエン・ヴィア・リリアスは苦笑を浮かべた。

砂粒より小さい本体をウィズの服に張りつけ、転移先で地面の砂を集めてゴーレムを造る。

それによって離れた場所でもウィズの行動を監視することができる。

ゴーレムの本体は小さい分、魔力反応も弱いので、そうそうバレることはないはずだが——それに気づいて捕まえようとしてくるあたり、あの少年は油断ならない。

「しかし面白いものを見せてもらいました」

あの空色の竜。

なんと元は人間の少女の姿をしていた。

しかもそれはウィズとよく一緒にいる人物だった。

おそらくは使い魔だ。人間の言葉を理解しているところを見ると、魔竜族なのだろう。

あの種族は魔界でも特に魔術の扱いがうまいとされている。

「……あの竜を使えば、面白いことができそうですね」

コーエンは眼鏡の奥で、何かを企むように目を細めた。

◇　◇　◇

「そこの貴様ら、何を座っている！　休憩時間はまだ先だぞ！」

「は、はい」

「申しわけありません……ッ！」

魔術教師グレゴリー・カウン・ハルバードの声に応じて生徒たちは息も絶え絶えに返事をする。

明日はいよいよウィズ陣営の生徒たちとの模擬戦が行われる。グレゴリーの訓練は大詰めに入っていた。

「次は攻撃魔術の発射訓練だ！　撃ち方よォーい！」

「大気に満ちる魔素よ、この手に……あぐっ！」

「おえええええ」

「おい、しっかりしろ！　おいっ！」

一部の優秀な者を除き、生徒たちは厳しすぎる訓練に限界を迎えている。

中には魔素の使い過ぎによる魔素酔いで嘔吐《おうと》する生徒もいるほどだった。

そんな生徒を見ながら、グレゴリーは内心で舌打ちした。

(この程度の訓練すらついてこられんか。せっかく最初は甘い顔をして、儂に従順になるよう仕向けてやったのに)

たとえば、初回の講義で配った増魔の種。

あれは生徒たちの好感度を上げるための小道具だ。

ああやって定期的に飴を与え、厳しい訓練でも途中で逃げ出さないよう生徒をコントロールする。

それがグレゴリーのやり方だ。

「立て、この軟弱者ども！　明日の模擬戦で平民ごときの教え子に負けたいか！」

「「「……ッ！」」」

教育勝負の対戦相手であるウィズの名前も使って生徒をどやしつける。

殺伐とした雰囲気の中、その日の講義は――いや、訓練は終了した。

「今日の講義はここまで！　最後に模擬戦の出場者を発表する！」

疲れ切っている生徒たちに対し、グレゴリーはそう告げた。

「ウィズ・オーリア陣営との模擬戦は十人対十人の集団戦だ。名前を呼ばれた者は前に出ろ。まずは――」

続けてグレゴリーは十人の生徒の名前を呼んだ。

受け持ちの生徒の中で強いほうから十人だ。

生徒の振り分けによって学年の実力者をこちらに集めているので、それはつまり、学年の中で強い生徒を上から十人起用しているようなものである。

当然、学年一位のレックスは最初に呼ばれた。

「くそっ……あいつらが出るなら、俺たちがこんな思いをする必要なんて……！」

「馬鹿、喋るな！　また怒鳴られるぞ」

一方で、選ばれなかった生徒たちは不満を漏らしている。

しかしそれをグレゴリーに言うことはできない。

そんなことをすれば後で大変になることがわかっているからだ。

グレゴリー陣営の最後の講義は、険悪な空気で終わりを迎えた。

第九章　開戦

「明日は待ちに待ったグレゴリー陣営との対決だ。……というわけで、あみだくじを用意してきた。順番に引くがいい」

「「「ちょっと待てぇえええ――――！」」」

俺が言うと、生徒たちは揃って突っ込みを入れてきた。

「ば、馬鹿なことを言うな平民！」

「あみだくじって、適当に十人決めるつもりか!?」

「さてはお前、勝てないからって勝負を投げるつもりだな！」

恒例のブーイングの嵐。

相変わらず敬語という概念《がいねん》が存在しない空間である。

俺はあみだくじを書いた紙を片手に、ゆっくりと首を横に振った。

「勘違いするな、俺はこう言っているのだ。――今のお前たちであれば、誰が出ても必ず勝てる、となり」

俺の言葉に、ぐっ、と生徒たちが息を呑む。

アガサやソフィ、シアが講義を積極的に受けていた影響もあるんだろうが、この半月での生徒たちの成長度合いはかなりのものだった。

誰が出ても惨敗《ざんぱい》するということはあるまい。

「何より、お前たちは悔しくないのか？」

俺は生徒たちに語りかける。

「すでにグレゴリーが強い生徒を選んで陣営に加えていると知っているだろう。つまり、ここにいるお前たちは弱いと判断されたのだ」

「「「……」」」

「そんな連中を見返したいと思わないか？　強くなったお前たちの実力を、見せつけてやりたいと考えないか？　チャンスは平等にくれてやる。戦いたいと思うやつだけ名前を書きに来い」

「「「――――ッッ!!」」」

俺の言葉が終わるや否や、生徒たちはこちらに駆け寄ってきた。

参加希望者は全員。

すばらしい積極性だ。

それでいい。

これは俺の学院残留を賭けた戦いではあるが、だからといって生徒を道具のように考えているようでは教師失格だ。

くじの結果、選ばれた十人を見回し――

「で、見事にお前たちは入ったわけか」

「入ったよー！」

「我が主《マイロード》の玉座は私が守ります」

「ぜ、全力で頑張ります！」

なんの細工もしていないいんだが、シア、ソフィ、アガサの三人組がきっちり当たりくじを引いていた。

ちなみにシアの参加についてだが、イリスの許可のもと問題なしとしてある。相手が生徒の振り分けで小細工をしている以上、そのくらいは構わないだろう。

だが、さすがにシアが本気で戦うと勝負にならないので、一つだけシアに条件を付けることにする。

俺はシアに耳打ちした。

「……シア。お前は試合中、魔術を使っていいのは一回だけだ。いいな？　それに納得できないなら参加はなしだ」

「むー……わかった。ウィズがそう言うなら」

シアの実力は生徒たちの中で抜きん出ているし、これくらいの調整は必要だろう。

あくまで向こうの小細工を打ち消す程度の範囲にしておくべきだ。

◇　◇　◇

そして模擬戦当日がやってきた。

修練場には一年生や俺、グレゴリーだけでなく、イリスを始めとする教師陣や、他の学年の生徒まで見物に来ていた。

「ウィズ様ーっ、頑張ってくださいねーっ！」

「頑張るのはあの白髪じゃなくて生徒でしょ」

最前列にはサーシャやエンジュの姿もある。

修練場の中央ではこちらの生徒十人と、グレゴリー陣営の生徒十人が向かい合っている。

グレゴリーが俺の前に進み出てくる。

「そのみすぼらしい顔も今日で見納めだな、平民よ」

「それは俺の台詞だ。そのみすぼらしい頭部を見るのは今日で最後になるだろう」

「貴様は儂を見るたびに髪に言及しないと気が済まないのか⁉　これは剃っていると言っているだろう！」

「あまり気にするな。人間の魅力は髪だけで決まるものじゃない」

「儂の言葉を無視した挙句《あげく》フォローを入れてくるのをやめろ！」

なんてわがままな教師だ。せっかく慰めてやっているというのに。

「あー……そろそろ始めても構わないかな？」

審判役のイリスが呆れたように言う。

俺とグレゴリーが頷くと、イリスがルール説明を始めた。

「模擬戦のルールは十人対十人の集団戦だ。戦いの舞台は修練場全体。勝利条件はどちらかのチームリーダーを倒すこと。その時点で、他のメンバーの残存数にかかわらず決着とする」

リーダーさえ倒せば味方が何人倒されていようと勝ち、というわけだ。この場合の倒すとは、かけられた防護魔術が解けるだけのダメージを与えることを指す。

「防護魔術は――そうだな、リリアス教諭にかけてもらおうか」

「承知いたしました」

眼鏡をかけた男性教師、コーエン・ヴィア・リリアスがイリスに指名される。

まあ、妥当な人選と言えるだろうな。この男以上に中立と思われる教師がいない。

　コーエンがグレゴリー陣営の生徒たちに防護魔術をかけ、さらにこちらの生徒にも同じことをしていく。

「期待していますよ、オーリア先生」

「フッ、うちの生徒の活躍ぶりに腰を抜かすがいい」

「自信がおありのようですね」

「当然だ」

　俺は頷きつつ、ふとコーエンに尋ねた。

「そうだ、コーエンよ。お前の魔術適性はどの属性だ？」

「また急な質問ですね」

「今回の模擬戦は規模が大きく、余波がギャラリーに届かないとも限らないからな。お前が風やら土やらの属性が使えるなら、緊急時のフォローを頼もうと思っただけだ」

　風で砂煙を払ったり、土で防壁を築いたり。

　大規模な闘技場などでは魔導結界によって試合場と客席が隔《へだ》てられていたりもするが、学院の修練場でそれは高望みというものだ。

「そういう意味ですか。私の適性は風属性と水属性です。私にできる範囲で善処しましょう」

　風属性と水属性、か。

「……」

「オーリア先生、どうかなさいましたか？」

「いや、なんでもない。よろしく頼むぞ」

「ええ。それではのちほど」

そんなやり取りを最後にコーエンは去っていった。

「ウィズどうしたのー？」

今のやり取りを聞いていたらしいシアが話しかけてくる。俺は息を吐き、「なんでもない」と告げた。今は目の前の模擬戦に勝つことが最優先だ。

「フッ……ついに来ましたね聖戦の時が。我が主《マイロード》の教えの正しさを知らしめましょう」

「がんばろー！」

「なんで二人はいつも通りなの……？」

シアとソフィは通常運転だが、アガサを含む残りのメンバーは緊張している。

無理もない。あちらには学年最上位のレックスを始め、強い生徒ばかりが固められているのだから。

俺は参加する十人の生徒たちに向き直った。

「さて、雛鳥たちよ。今一度言おう――お前たちは強くなった」

「「……！」」

「自分が信じられないと言うなら、この俺を信じるがいい。魔族ジルダを倒したこの俺をな。さあ、存分に暴れてこい！」

「「──はいっ！」」

……初めて敬語で声を揃えられたな。

生徒たちは瞳を燃やして修練場の中央へと向かう。

「それではこれより、ウィズ・オーリアの学院残留を賭けた模擬戦を開始する！」

イリスの声が響き渡った。

◇◇◇

「詠唱を始めろ！　前衛は防壁設置、後衛は砲撃用ォ──意！」

「「大気に満ちる魔素よ我が手に集え、大壁となりて──」」

「「大気に満ちる魔素よ我が手に集え、敵を滅ぼす砲撃となりて──」」

グレゴリーの指示に合わせ、敵チームの生徒たちは魔術の詠唱を始める。

グレゴリー陣営の戦術はシンプルなものだ。

前衛五人が防壁を築き、後衛五人が大火力の魔術を放つ。

軍隊でも採用されているオーソドックスな集団戦のやり方と言える。

シンプルがゆえに穴がなく、実力差がそのまま勝敗に直結する。

生徒の地力で勝つ側がそれをやれば、必勝の戦術となる。

が、残念ながらそもそも前提が間違っている。

俺は指示を飛ばした。

「――攻撃班、思い切り撃ち込んでやれ！」

「【雷槍《ライトニングスピア》】！」

「【火球《ファイアボール》】！」

「【氷槍《アイシクル》】！」

「「「無詠唱っ!?」」」

ギャラリーが騒然とする中、敵チームの詠唱を置き去りにしたこちらの無詠唱魔術が着弾する。

「うわあっ！」

「――ッ、な、なんであっちは詠唱してないんだよぉっ!?」

色とりどりの魔術が無防備な敵チームを襲撃する。

今ので二人持っていったな。

一発目にしてはいい戦果だ。

「馬鹿な……ッ、この短期間で無詠唱をマスターさせたというのか⁉　しかもこの威力はどうなっている⁉」

グレゴリーが愕然と目を見開く。

「グレゴリーよ。こちらの生徒たちを侮ったな？」

「何？」

「この年頃の子どもはまだまだ発展途上だ。正しい導き方をすれば生徒はきらんとついてくる……お前、生徒たちに必要以上に厳しく接しただろう。生徒たちの顔色が悪いのがここからでも見て取れるぞ」

「――――ッ！」

グレゴリー陣営の生徒たちは全員どこか顔色が悪い。中には足元がふらついている者もいた。教え子の様子も見ず、ひたすら厳しく接した結果だろう。

俺は悠然と両手を広げ、にやりと笑みを浮かべてみせた。

「さあ、答え合わせの時間だ――俺とお前、どちらが真の教師としてふさわしいかのな！」

「貴様ァア……」

グレゴリーが猛獣のように歯軋《はぎし》りをして唸る。

「エンジュさん、聞きましたか。決め台詞ですよ、決め台詞。格好いいですね」

「……相変わらず人の神経を逆撫でするのがうまいわね、あの白髪は」

サーシャたちのいるほうから好き勝手なことを言われている気配がするが、今は置いておこう。

今は重要な模擬戦の真っ最中だ。

「これくらいのことで動揺するな！　貴様ら、平民ごときの教え子に負けるなど許されんぞ！」

グレゴリーがわめくと、あちらの生徒たちはある程度持ち直した。

「「【岩壁《ロックウォール》】！」」

「【風撃砲《ゲイルカノン》】！」

「【刺突根《スタブルート》】！」

防壁魔術と砲撃魔術が完成し、造り出された岩の壁の奥から強力な魔術が飛んでくる。

攻撃魔術がうちの生徒たちを直撃する。

「ははははっ！　見たか！　これが儂の教えた生徒たちの実力だ！」

大きく口をあけて笑うグレゴリーだったが、すぐにその表情は凍り付いた。

「――馬鹿な!?　なぜ傷一つついていない!?」

そこには無傷で佇《たたず》む俺の教え子たち。

「全然痛くない……」

「魔素干渉力を上げるだけでこんなに変わるのか」

うちの生徒たちのほうも驚いているようだ。

「平民！　貴様、一体何をした⁉」

「魔素干渉力を上げただけのことだ。ほんの５００ほどな」

「ごひゃ……く？」

俺の受け持つ生徒たちは、魔素を詠唱に頼らず自力で集めるという訓練により、魔素干渉力を初期の倍ほどに上げている。

もちろんこんなハイペースな上昇は最初だけだろう。

しかし短期間の教育が重要な模擬戦では、このうえなく有用な戦力増強だ。

全力の攻撃魔術を無傷で耐えられ、相手の生徒たちが動揺する。今が攻め時だな。

「さあ行け雛鳥たちよ！　全員突撃！」

「「うぉおおおおおおおお――――っ！」」

敵陣目がけて生徒たちが走り出す。

「調子に乗るなッ！」

「通してもらいます……！【土造形《ランドフォーム》・ゴーレム】！」

「ゴーレム……⁉　馬鹿な、こんな高度な魔術を使えるやつがいるなんて――ぐああっ！」

前衛のリーダー格の少年は、アガサが生み出した上半身ゴーレムによって吹き飛ばされ。

「どきなさい、この落ちこぼれ！」

「黙りなさい我が主《マイロード》のすばらしさを理解できない愚物が」

「――ッ⁉」

後衛でもっとも火力のあった少女は、ソフィのスピードについていけず瞬殺される。

「ふざけるな……この俺が……すでに二つ名まで持っているこの俺が、敗軍の将であっていいわけがない……！」

敵陣の最奥で呻くのはレックス――学年最強の少年だ。

おそらくやつが敵チームのリーダーだろう。

「我が身を包み万物を弾き返せ！【鋼鉄装甲《メタルアーマー》】！」

魔術によって全身に白く輝く鎧を召喚する。

複合属性の魔術を短縮詠唱でこなすとは、学年一位の実力は伊達ではない。

「ぉおおおおおおおおおおおおおおおお！」

「うわっ」

「逃げろ逃げろ！」

同じく魔術で生み出した大剣を振り回すレックスに、うちの生徒たちですら接近を阻《はば》まれる。

アガサのゴーレムは動きが遅く、レックスに攻撃を当てられない。

ソフィは火力不足が響いてダメージを与えられない。

しかしこちらにはもう一枚手札がある。

切らずに済ませてもよかったが、まあ、せっかくの機会だ。

「シア！　やれ！」

「わかったー！」

敵陣に乗り込み、シアがレックス目がけて突っ込んでいく。

振るわれた大剣を低い姿勢でかいくぐり、鎧に包まれた胴へと手をあてがう。

ゼロ距離砲撃。

「【暴風槍《テンペストランス》】！」

レックスの胴に手を当てたまま、シアが嵐を凝縮したような槍を放つ。

瞬間、ドウッッ！　という音とともにレックスの鎧は砕け、防護魔術も破壊し、レックスの体は修練場の端まで吹っ飛んだ。

レックスは気絶し、全身を覆っていた鎧も消え去る。

戦闘不能だ。

「馬鹿な……そんな馬鹿な……この儂が平民ごときに……」

それを見てグレゴリーが膝から崩れ落ちる。

「――そこまで！　勝者、オーリアチーム！　よってウィズ・オーリアは学院残留とする！」

「「「うおおおおおおおおおおおおおっ！」」」

イリスの声に続き、うちの生徒たちは歓声を上げるのだった。

◇　◇　◇

「……すばらしい」

コーエン・ヴィア・リリアスは呟いた。

本来なら今回の模擬戦で、ウィズ陣営に勝ち目などないはずだった。

しかし勝ったのはウィズの教え子たちだ。

誰一人戦闘不能にされず、傷一つ負わずにグレゴリー側の生徒を倒してのけた。

「魔術の腕のみならず、指導者としても一級品……すばらしい実力を見せてもらいましたよ、オーリア先生。だからこそ残念です」

これであなたを放置できなくなってしまった。

コーエンはそう結論し、手の中の黒い水晶をもてあそぶ。

これは魔獣を暴走させるアイテムだ。
闇属性の魔素を大量に流し込み、あらゆる魔獣に呪いを操る性質を与える。
これは野生の魔獣のみならず契約中の使い魔にも有効だ。
使う相手はもう決まっている。
野生の魔獣などここにはいないが、使い魔はいる。それもとびきり強力なものが。
「始めましょうか」
コーエンの視線の先には、級友に囲まれて笑顔を見せるシアがいた。

第十章　たった一人の英雄になれたなら

「すごいな、シア！　あのレックスを倒すなんて！」

「そうね。本当にすごいことよ。まだ見学生だなんて信じられないわ」

「え、えへへ、そうかなー」

チームメイトの生徒に囲まれ、シアが照れ笑いを見せている。

すっかり馴染《なじ》んだな、あいつ。

うっかりすると使い魔であることを忘れそうになる。

「おめでとうございます、ウィズ様！　これからも一緒に先生ができますね！」

駆け寄ってきたサーシャがそんな言葉をかけてくる。

「フッ、俺の実力からすればこの結果は当然だ」

「頑張ったのはあんたじゃなくて生徒でしょ」

サーシャと一緒にやってきたエンジュが呆れたように言う。

こいつは俺を労《ねぎら》いに来たのではないのか？

まあ、言っていることはその通りなんだが。

学院長であるイリスが、模擬戦の勝敗を見て改めて宣言をしようとしていた。

「今の模擬戦の結果の通り、ウィズ君はこの学院に必要な人材だとわかってもらえただろう。魔術指導の腕前も圧倒的だ。構わないかな、ハルバード教諭」

「ぐうう……っ！」

模擬戦に負けてへたり込んでいたグレゴリーは、顔を真っ赤にしながら俺を睨みつけてくる。

しかし結果は結果だ。

「……仕方ない。いいだろう、その平民が教師になることを認め――」


「――残念ながら、それは認められません」


そんな声が響いた直後。

修練場の至るところから有り得ない数の〝石の腕〟が出現した。

「うわっ、なんだこれ!?」

「【石拳《ストーンハンド》】か……!?」

「堅い！　くそっ、全然外せない！」

土魔術の【石拳《ストーンハンド》】だ。

初級魔術のはずだが数と強度が尋常じゃない。

エンジュやイリスといった一級魔導士を含め、その場のほとんどの人間が石の腕に足首を掴まれて動きを封じられる。

それをしたのは――

「やはりお前か、コーエン」

杖を携えたコーエンを俺は見据えた。

コーエンは驚いたように俺を見る。正確には、俺の体を覆う防護魔術を。

「……おや、なぜオーリア先生は無事なんですか？　完全に不意を突いたのに。私が凶行に及ぶと予測していなければ今の【石拳《ストーンハンド》】は絶対にかわせないはず」

「予測していたからに決まっているだろう」

「差し支えなければ、どういった経緯で予測できたのかうかがっても？」

微笑すら浮かべながら尋ねてくるコーエン。こんなことをしておいて随分余裕だな。

「この模擬戦が始まる前に、俺はお前に適性属性を聞いただろう？　お前は風属性と水属性と言った。しかしそれは誤りで、お前はその二つに加えて土属性も使える。嘘を吐くのは、後ろめたいことがあるからに違いない。……近頃小型の偵察ゴーレムで俺の周辺を探っていたりな」

模擬戦前の質問には、例の偵察用小型ゴーレムの術者を割り出す狙いがあったわけだ。

コーエンが驚いたように目を見開く。

「馬鹿な。私は人目のある場所で土魔術を使ったことなどありません。この学院の人間も誰も知らないはず」

「はっ、その程度の小細工が俺に通用すると思っているのか？　この目――【魔力感知《マギサイト》】さえあれば、相手がどの属性の扱いに秀《ひい》でているかなど一発でわかる」

魔導士は魔術を使っていない時でも微量の魔素を無意識に集めてしまっている。それを見れば適性属性など一目瞭然だ。

俺はここしばらく、高度な魔術を操れる人間、つまり教師に対して頻繁に適性属性を聞いていた。だが、嘘を吐いたのはコーエンだけだ。土属性への適性を隠す必要があるのは、それを悪用している人間だけだろう。

だからこそ俺は模擬戦の間も、コーエンの魔力反応には注意していた。

俺が咄嗟に防護魔術を張れたのはそのためだ。

「種明かしは以上だ……さて、コーエンよ。お前がこんなことをした目的含め、いろいろと吐いてもらうぞ」

今のやり取りで時間もそれなりに稼げた。エンジュやイリスあたりは拘束からもう抜け出す寸前だろう。詰みというやつだ。

臨戦態勢を取る俺に対し、コーエンはなぜか笑みを浮かべた。

「オーリア先生、まずはお見事と言わせてください。ですが一つ、お言葉を返しましょう。この学院には多くの優秀な魔導士が教師として集います――私の小細工がこれで終わりだとお思いですか？」

「何？」

直後。

どす、と。

複数の鈍い音が響いた。

音の発生源はエンジュ、サーシャ、イリスといったその場の一部の人間の足元からだ。

見ると、新たな石の腕が拘束された人間たちの足元から現れ、注射器のようなものがそれぞれの足に突き立てられている。明らかに何かが体内に流し込まれている。

「ぐおっ……」

「っ」

「なんだ、これは……」

途端に崩れ落ちる被拘束者たち。

石の腕を斬るために取り出したのであろうエンジュの剣が、からん、と虚《むな》しい音を立てて転がった。

「コーエン！　お前、何をした⁉」

「グランジェイド先生、学院長、そのご息女、ハルバード先生……強者である方々には、毒を使わせてもらいました。自由に動かれては面倒ですからね。彼らはしばらく満足に魔術を使うことはできません」

「毒だと……⁉」

「本来ならオーリア先生もこれで止めておきたかったのですが、ままならないものです」

苦笑しながらコーエンが呟く。

厄介なことをしてくれる！

おそらく【石拳《ストーンハンド》】は二重に仕掛けられていたんだろう。片方は拘束するためのもので、もう片方は毒入りの注射器を握り込ませたものだ。この場所の地面には、最初からコーエンの魔術が仕込まれていたらしい。

「この毒はアシッドフロッグやポイズンスラッグ等の魔獣の体液から作り出したもので、効果は絶大。放置すれば数分で死に至ります」

俺は即座に魔素合成によって浄化属性の魔素を作り出す。

「くだらん。こんなもの、俺が【解毒《デトックス》】で毒を消し去ってしまえば――」

「さらに言っておきましょう。打ち込んだ毒の中に、【解毒《デトックス》】の魔術に反応して活性化するものが含まれています」

「――ッ!?」

「くれぐれもご注意を。大雑把な解毒魔術を使えば、数人はその瞬間に死にますよ?」

……本当に、鬱陶《うっとう》しい真似をしてくれる。

ハッタリの可能性は十分にある。

だがそうでなかったら?

毒で苦しむエンジュやサーシャといった人間の中から数人が死ぬ。そんなことは看過できない。

なら毒の種類を見極めながら時間をかけて治療に当たるしかない。たとえコーエンをその間放置することになったとしても。

「くそっ……!」

「いい判断です、オーリア先生」

コーエンは俺にそう告げると、修練場の真ん中に向かっていく。

「みんなに何するのー!【風爆球《ウインドボム》】!」

シアが風魔術を使い、自分を拘束していた石の腕を吹き飛ばす。

あいつは毒を使われていないのか。

……なぜだ？　コーエンだってさっきの模擬戦でシアが使った魔術を見たはずだろうに。

単に毒が足りなかったのか？

あるいは何か理由があるのか。

いや、今はシアがコーエンを足止めしていることを喜ぶべきだ。俺がすべきは毒を受けた人間の治療。必要なのは毒の種類を見極めることだ。

そもそも【解毒《デトックス》】の魔術はあらゆる毒を問答無用で消滅させるものではない。相手の病状に合わせてある程度の微細な調整を必要とするものだ。つまり、相手を蝕《むしば》む毒の正体が識別できなくては意味がない。だが、ちんたら毒の症状を確認している時間的猶予はない。

なら――今ここで作るのだ。

対象の状態を瞬時に見極め最適な治療を割り出す、〝診断〟の過程を含む新たな解毒魔術を。

「【風矢《ウインドアロー》】っ！」

「無駄ですよ」

修練場では、シアの放った矢がコーエンの作り出した土の防壁に阻まれている。

シアの魔術をあっさり防ぐとは、あの男の実力はやはりかなりのものだ。

「今度はこちらの番です。【石弾《ストーンショット》】」

コーエンは石の弾丸を大量に生成した。

しかしそれの向かう先はシアではなく。

「うわあっ！」

「やめろ、やめてくれぇ！」

身動きの取れない生徒たちに、容赦なく石の弾丸が降り注いだ。

「なっ……なんでそんなことするの⁉」

「さて、なぜでしょうね。それよりいいんですか？　早く私を始末しないと他の生徒はどんどん痛めつけられていきますよ。毒を受けた人間も衰弱《すいじゃく》する一方です」

コーエンは冷ややかな笑みを浮かべる。

「――竜の姿になりなさい」

「なんで、それを知ってるの」

目を見開いてシアが呟く。

俺は舌打ちしそうになった。

例の偵察用ゴーレムがコーエンの造ったものなら、クリード諸島の一件でシアの正体がバレている可能性は確かにあった。だが、なぜ今それを言うのか。

「竜の姿……？」

「シアのことか？　どういう意味だ？」

修練場に散らばる生徒たちが疑問を発する。

コーエンは、そんな必要などないはずなのにわざわざそれらの疑問に答える。

「そのままの意味ですよ。その少女は人間ではありません。魔獣でありながら人間にすり寄ろうとする、おぞましい化け物なんです」

「やめて……」

「さあ、シア。竜の姿になりなさい。あなたは本当はもっと強いでしょう？」

「やめてっ！」

シアが嵐の槍を放ちコーエンを黙らせようとする。しかし、コーエンは鉄壁の土魔術でそのすべてを防ぎ切った。

「どうやっても元の姿にならないつもりですか。では、こうしましょう。次は生徒たちを殺します」

「――ッ」

上空に大量の石の杭が生み出された。

そこから感じ取れる魔素量は、今までの魔術とは比べ物にならない。

その照準は、シアが今まで一緒に過ごしてきた俺の受け持ちの生徒たちに向けられている。

シアの顔が恐怖に染まった。

「人間の姿のあなたでは絶対にこれを止められません。さあ、選んでください。自分の正体を隠し通すか、大切な友人を見捨てるか」

「シアは……シアはっ……」

――まずい。

俺は必死に魔素を操り、解毒魔術の開発に神経を注ぐ。自分の使える魔術を応用し、必要な効力をかき集めて一つの魔術に組み上げる。洗練された美しさなどかけらもないが、それでも俺はこの瞬間に新たな解毒魔術の確立に成功する。

「【完全解毒《かんぜんげどく》】！」

咄嗟に思いついた魔術名でイメージの補助をしつつ、魔術を発動する。

【完全解毒】は対象の病状を解析し、その治療に最適な調整を施《ほどこ》したうえで解毒するというものだ。これなら【解毒《デトックス》】対策がなされた毒だろうと関係なく治療できる。

浄化属性の光が俺の手から周囲に広がっていき、修練場に倒れている人間たちの体内の毒を消し去る。

それを確認する間もなく、俺は視線を修練場の中央付近に向ける。

間に合え！

「【障壁《バリ》】――！」

しかしそれは一秒遅かった。

石の槍が雨のように降り注ぐ。

そこにはシアが長く一緒に過ごした、アガサやソフィの姿も含まれていて。

「だめ――――っ!!」

シアは叫び、竜の姿へと変身した。

息を吸い込み、コンマ一秒溜めてから吐き出す。

竜のみが操れる強力なブレスは、降り注ぐ石の槍の雨を消し飛ばした。

生徒たちは守られた。

だが、それは決して事態の好転ではない。

「なんだ、あれ」

「竜……？」

「そんな、シアは人間のはずじゃ……」

守ったはずの生徒たちから、信じられないものを見るような目を向けられる。

その瞳には確かに怯《おび》えが見て取れる。

凶悪なブレスを放った怪物に対する、恐怖の感情が。

『ああ、あああ』

竜となったシアの体がこわばる。

シアと生徒たちの間で、見えない何かが崩れていくような感覚がある。

「ははははははははははっ！　やはりすばらしい力です。ようやく竜の姿になってくれましたね、魔竜族の少女よ！」

ただ一人、コーエンが待ち望んだとばかりに笑っていた。

くそ、落ち着け。

起きてしまったことはもうどうにもならない。

できることを考えろ。

「【最上位範囲回復《セイクリッド・エリアヒーリング》】」

周囲全体を対象とする回復魔術を使う。これで毒を食らって倒れていた連中の体力も戻るはずだ。

「エンジュ、サーシャ。捕まっている連中の拘束を解いてやれ」

近くに倒れていた二人にそう告げる。

「……あんたは？」

「決まっているだろう、エンジュ。俺はコーエンを捕らえる」

あいつをこれ以上好きにさせられるか。

「【氷牢獄《アイシクルプリズン》】！」

氷の牢獄をコーエンの周囲に出現させる。内部に閉じ込められた者は氷漬けにされる追加効果のある檻だ。

だが、きわめて頑丈なはずのそれは、次の瞬間には破壊された。

内部のコーエンが檻を引き裂いたのだ。

「ふふ、この程度で私を捕らえることはできませんよ。ただの人間を生け捕りにしようとする魔術ごときではね」

「コーエン……なんだ、その姿は」

悠々《ゆうゆう》と出てきたコーエンは、全身から黒い霧《きり》のようなものを立ち上らせていた。

皮膚《ひふ》は黒く染まり、口元には鋭い牙が覗く。眼球は白黒が逆転している。

ジルダに似ている。

「お前、魔族だったのか」

コーエンは微笑を浮かべる。

「厳密には違うのですが……まあ、説明する義理はありません。さっさと用件を済ませるとしましょう」

コーエンが手をかざすとシアの背後にゴーレムが出現した。

アガサが造り出すものとは規模がまるで違う。それは高さ十Mを超える巨大なものだ。

それはシアを抱き込むように捕らえて離さない。

『ウォオオオオオオオオオオオオオオオ！』

『な、なにっ、やだ』

「シアを離せ！【雷槍《ライトニングスピ》――】」

「おっと、邪魔をされては困ります」

俺が即座に魔術を発動させようとするが、コーエンはよりによって生徒たちのほうに向けて巨大岩の砲弾を放つ。

やむなく俺はそちらを防ぐ。

この外道、最初から俺とまともにやり合う気がないな⁉

コーエンは生徒狙いの魔術で俺を足止めしながら、ゴーレムが捕らえたシアのもとに向かい、シアの口に何かを押し込んだ。

それは黒い結晶のように見えた。

『むぐ……あ、ああっ、ああああああああああああああっ！』

それを呑んだシアは、身の毛もよだつような咆哮を上げる。

シアの内側から黒いもやが発生しその全身を包んでいく。やがてシアの体は漆黒となる。

街中で暴走した狼型使い魔や、クリード諸島で襲ってきた蛇型魔獣のような姿だ。

『――ァアアア』

シアが低く唸る。

まるで理性が消し飛んでしまったかのような獰猛《どうもう》な動作。

「……シアに何をした、コーエン」

殺気を込めて問うと、コーエンは微笑を浮かべたまま答える。

「ちょっとした薬物のようなものですよ。これを飲ませた魔獣は闇属性魔術を使えるようになり、またリミッターが外れて暴走します。本来なら投与した魔獣は数分で死んでしまいますが、その竜ならしばらく動けるでしょうね。あなたを殺すくらいのことはできるでしょう」

俺を殺す、か。なぜコーエンがそんなことをしたいのかわからない。ただ、そんなことのためにシアの周囲との関係が破壊されたのかと思うと虫唾《むしず》が走る。

「では私はこれで。せいぜい足掻《あが》いてください、オーリア先生」

コーエンは土魔術によって地面に潜っていく。

逃がすか、と思うのと同時にシアが動いた。

『ガァアアアアアアアアアアアアアッ！』

シアが翼を振るうと、強風が修練場全体に吹き荒れた。

風圧自体は大したことがない。

咄嗟に【障壁《バリア》】を張って防ぐ。

しかし風を受けた瞬間、本来半透明であるはずの障壁が黒く変色した。

さらに周囲では絶叫が上がり始める。

「なんだよこれっ――体の中に何か入ってくる⁉」

視線を向けると、風を浴びたやつらの体にどす黒いあざのようなものが浮かんでいた。

呪いだ。

よほど強烈なもののようで、中には吐血している生徒すらいる。

……馬鹿な！　今の風に呪いが付与されていたというのか⁉　あの規模の攻撃に呪いを乗せるなど聞いたことがない！

「ふざけた攻撃ね、これ」

「え、エンジュさん、ありがとうございます」

エンジュのいるあたりは呪いの影響を受けていないようだ。

剣を抜いているから、おそらくあれで呪いの風を斬り払ったのだろう。サーシャも無事だ。離れた位置ではイリスも風の防壁によって数人を守っている。

だが、それでも全員を助けられたわけではない。

修練場には二百人以上の人間が呪いを浴びて転がっている。
『ガルァアアアアアアアアアアアアアアアアアアアアア！』
今度は黒の稲妻が空から降ってきた。
「【聖障壁《セイクリッド・バリア》】！」
聖属性の障壁魔術でそれを防ぐ。
すでにコーエンの姿はない。まんまと逃げられたのだ。
いつの間にか空は黒く染まっていた。
その中央でシアが魔素を操り、動作一つのたびに雷鳴が轟き、死の風が吹く。
「……ニルベルン、お前の言葉は正しかったな」
ニルベルンはシアを特別と言った。
そうだろう。ただの竜にこんなことができるものか。
天災。
今のシアはまさにそれだ。
『ガウッ……』
不意に、シアが唸りながら体をねじった。
黒い雷撃は逸れて修練場の端に落ちる。

『ガァッ、ウウッ』

苦しんでいる？

シアは頭の中の異物を振り払おうとするように空中で身をよじる。

呪いが付与された風魔術が吹き荒れるが、そのほとんどが人のいない場所に飛んでいく。

そうか。

シアも戦っているのだ。

コーエンはシアに飲ませた結晶を、〝魔獣を暴走させるもの〟と言った。

今のシアは正常じゃない。そして今それを戻せるのは――聖属性魔術を使える俺だけだ。

「【聖檻《ホーリーケージ》】」

倒れる生徒や教師を囲むように、聖属性の障壁を張り巡らせる。これでシアの魔術が彼らに届くことはない。幸いサーシャは無事なようだし、生徒たちの治療は任せて問題ないだろう。

俺がすべきことはシアへの対処だ。

「今楽にしてやるぞ、シア」

『ガァアアアアアアアアアアアッ！』

シアが制御を失ったように暴風の槍を放つ。

さっきまでとは比べ物にならないほどの威力だ。

それを聖属性の障壁で防ぎながら飛行魔術で接近していく。
やがてシアのもとに辿り着く。叫び続けるシアは泣いているようにも見えた。
シアに手をかざす。
ジュウッ！　と手が焼けるような感覚がするが、仕方ない。
この魔術は直接触れないと効果がないのだ。
「【最上位浄化《セイクリッド・ピュリフィケーション》】」
シアが苦しむように暴れ回る。
そのたびに呪いを帯びた風が俺の障壁を削り、俺の体を蝕んでいく。
だが、この魔術は絶対に中断させない。
「シア、目を覚ませ！　お前はこんなことがしたかったんじゃないだろう！」
こんなふうに終わっていいものか。
お前はせっかく望みを叶えたんだろうが。
憧れていた対等な友人も、受け入れてくれる場所も、お前は手に入れたんだぞ。
わけのわからない結晶一つで壊されるなんて認められるのか。
「――戻ってこい、シア！」
呪いの嵐が吹き荒れる中心で、俺は叫び続けた。

◇　◇　◇

もう嫌だ。

なんでこんなことになるんだろう。

風竜シアは意識の底で血を吐くようにそう思った。

体が思い通りに動かない。

こんなこと絶対にしたくないのに、魔術の歯止めが利かない。

悲鳴が上がる。

自分の魔術のせいで血を吐く者もいる。

大切な友人だった彼らが、自分の手によって壮絶な痛みを味わっている。

もう嫌だ。もう嫌だ。もう嫌だ！

ずっと憧れていて、あんなふうになれたらいいって、そんなふうに思っていた人間たちがぼろきれのように吹き飛んでいく。

どんなに止めようとしても攻撃の手が止まらない。

ソフィが睨みつけるようにこっちを見ている。

アガサが恐怖に怯えたように体を震わせている。

もう駄目だ。もう戻らない。ごめんなさい。

やっぱり自分は化け物だった。

友達なんて望むべきじゃなかった。

たった一人の同族がいる島に閉じこもって出てこなければよかった。

そうすればこんなことにならなかった。

自分はどうなってもいい。もう何も望んだりしない。

だから助けてほしい。

大切な友達だった彼女たちを助けてくれればそれでいい。

思考をぐちゃぐちゃにして叫ぶシアの頬に、ふと温かい感触が届く。


「――もう大丈夫だ」


白い髪の青年だった。ぼろぼろに傷ついていながら、顔には優しい笑みが浮かんでいた。

いつの間にかシアは人間の姿に戻っていた。

さっきまでシアの脳を支配していた破壊衝動が消えている。

「平気か？　俺のことがわかるか」

「……っ」

安心させるような声に押されてシアは涙を零《こぼ》した。

白髪の青年は何も言わず、ただシアを抱き締めていた。

◇　◇　◇

「ごめんなさい……ごめんなさいっ……！」

シアを暴走させていた〝汚染された魔力〟は浄化できた。これでシアがこれ以上暴れることはない。

正気に戻ったシアは、人間の姿で大泣きしていた。

おそらく暴走状態の時でも意識はあったんだろう。シアは自分の手で生徒たちを傷つけるという苦痛を味わい続けていたのだ。

「ウィズ様、大丈夫ですか!?」

サーシャが心配そうな顔で走ってくる。

ああ、そういえば俺はシアを浄化するために自分の防御をおろそかにしていたんだった。至近距離で呪いを浴び過ぎて感覚が麻痺《まひ》しているようだ。

「【解呪《ディカース》】、【上位回復《ハイヒーリング》】」

サーシャが俺の体を治療してくれる。

俺が張った聖障壁のほうを見る。

怪我人は残っていなさそうだ。どうやらサーシャはコーエンによって毒を食らった人間たちをきっちり治したらしい。さすがは俺の一番弟子だな。


「――何をしている平民！　早くその怪物を殺せ！」


グレゴリーが叫んだ。

「……おい。お前、今なんと言った？」

「その怪物を始末しろと言ったのだ！　貴様が今抱えている、人間の姿をしたそいつだ！　今すぐ殺せ！　またさっきのようなことになったらどうする!?」

シアを指さしてグレゴリーはわめき続ける。

「おかしいと思っていたのだ……ただの見学生ごときがレックスを倒せるはずがない！　そいつは魔族だ！　人間のフリをして我らの中に潜り込もうとしていたのだ！　殺せ！　今すぐそいつを殺

せぇぇえ！」

「待ちたまえ、ハルバード教諭！」

割り込んだイリスはグレゴリーを刺激しないためにか、ゆっくりと応じる。

「なぜあれを庇うのだ、学院長！　学院の長なら生徒や教員を守るのが使命だろう！」

「……彼女が暴れたのは、リリアス教諭が妙なものを飲ませたからだ。被害の責任を彼女に押し付けるのは間違っている」

「馬鹿が、あれが竜の姿になったのはその前だろうが！　あれは最初から竜の化け物だったのだ！」

「それは……」

グレゴリーの言葉にイリスが押し黙る。

シアを庇おうとしても、シアが魔族の一種であることは変わらない。百年前、この国を襲った魔人族とは無関係の存在だと説明したところで、納得してもらえるわけがない。

「ハルバード殿の言う通りだ」

「言葉を話す魔獣なんて、魔族以外にいるわけがない……」

「あの姿だって作りものじゃないのか？　魔族ならそのくらいできてもおかしくない」

修練場からちらほらとそんな声が上がる。

徐々にグレゴリーの言葉に同意する流れが出来上がっていき。

やがて、爆発した。

「何をしてる、ウィズ・オーリア！　その怪物を殺せ！」

「お前が事前にそいつの正体を見抜いていればこんなことにならなかった！」

「責任を取ってお前がその化け物の息の根を止めろ！」

修練場全体からシアに対する殺意がぶち撒《ま》けられる。

俺の腕の中でシアが体をこわばらせた。

恐怖と嫌悪感が言葉の刃になってシアの心をめった刺しにする。

それはあまりにも残酷《ざんこく》な光景だった。

大勢がよってたかって子どもに石を投げつけるのと変わらない。

状況は最悪だ。

シアの正体が知られれば騒ぎになるとは思っていたが、タイミングにさえ注意すれば問題ないはずだったのだ。

それがコーエンのせいで台無しになった。

今やシアは彼らにとって敵としか映らない。

「もういい！　貴様がやらないなら儂が手を下してやる！　【炎槍《フレイムランス》】！」

グレゴリーが痺れを切らしてシア目がけて炎の槍を放つ。俺もろとも焼き殺すつもりのようだ。

やつの目には、シアはもはや怪物にしか見えていない。

ここでシアを盾にして身を守れば、俺は英雄になれるだろう。

この場で俺とシアの関係性を知るのはわずか数人だ。

黙っていれば、俺はおそろしい竜に立ち向かった英雄でいられる。

〈賢者〉の地位へとまた一歩前進できる。

だが、怯えたように俺の腕を掴むシアの表情が。

「シアを頼む」というニルベルンの言葉が。

そして何より俺の心が、俺の行動を決めた。

「【障壁《バリア》】」

ジュウッ！　と音を立てて俺の障壁が炎の槍を防ぐ。

「なっ……なんの真似だ、平民!?」

「悪いがこいつを殺されるわけにはいかないな」

「どういう意味だ!?」

「――こいつが俺の使い魔だからだ。俺はこいつの正体もすべて知ったうえで契約した。こいつが暴れた責任はすべて俺にある」

空気が凍り付いた。

一拍置いて、グレゴリーが叫んだ。

「ふざけるな！　貴様、一体何をしたかわかっているのか⁉　その化け物を貴様が望んで学院に招き入れただと⁉」

「そうだ」

「そいつの暴走によってどれだけの被害が出たと思っている！　それがすべてお前の軽はずみな行動のせいだというのか⁉」

「……そうだ」

俺は頷いた。

今までシアに向いていた敵意が俺に移るのを感じる。

……終わったな。

魔族だと知ったうえで使い魔契約をし、しかも管理しきれずにトラブルを招いた。

幸いにも人死には出ていないが、これはもう致命的な失態だ。今度ばかりはいくら師匠に頼んでも庇いきれないだろう。幽閉塔《ゆうへいとう》に投獄《とうごく》くらいで済めばいいが、それも怪しい。この機会に貴族たちは目障りな俺を始末しようと動くはずだ。貴族に味方が少ない俺は、それを止められない。

「ウィズ、なんで」

「俺は誰かを助けるために魔導士になった。ここでお前を見捨てるくらいなら死んだほうがましだ」


愕然とするシアに、俺はできるだけ優しく告げた。

もう事態は収拾がつかないところまで来ていた。

「ふざけるなよ、平民！」

「責任を取れ！」

「化け物と一緒にお前も死ね！　死んで詫びろ！」

「待て、落ち着け！　まず彼から話を聞くべきだ！」

イリスが必死に押し留めようとしてくれるが、効果はない。

「……ウィズ様。わたしは絶対にあなたの味方をしますからね」

サーシャは真剣な表情で俺を見上げていた。

「気持ちだけで十分だ」

「それでは駄目です！　ウィズ様はすごい人で、優しくて……こんなところで消えていい人じゃありません」

だがこの場面で俺に味方をすればサーシャのほうが危ない。

イリスも危険だ。ただでさえ魔導会議で俺の味方をして上位貴族から睨まれているのに。

この場面で流れを変えられる人間などこの場には――

「私は反対ね。この竜には――シアには落ち度なんてないでしょう」

……エンジュ？

今、あいつはなんと言った？　まさかシアを庇ったのか？

「グランジェイド殿！　今なんと言った⁉」

「聞こえなかったならもう一度言いましょうか、ハルバード先生？　この子は悪くないと言ったのよ」

俺を、というよりシアを庇うように前に立ったエンジュに俺は唖然とした。

「エンジュ、お前――頭のどのあたりを打ったんだ？」

「殺すわよ平民。邪魔だから黙ってなさい」

俺に対してノータイムでこの罵倒《ばとう》。どうやらエンジュは正常なようだ。

「街で狼型の使い魔が暴走した時、シアは私を助けたでしょう。借りっぱなしは性に合わないわ。それに、向こうの主張も気に食わないし」

「……エンジュ、優しいね」

「べ、別に優しいとかそういうわけじゃないわ。いいから泣きやみなさい」

「……うん」

シアがごしごしと目元をぬぐう。

一方でエンジュは少し照れているようにも見えた。ストレートに感謝されることに慣れていないのかもしれない。

エンジュはシアから前方のグレゴリーへと視線を移した。

「思い出しなさい、ハルバード先生。このシアが竜の姿になったのはどうしてだったか」

「それは……」

「捕まった生徒たちをコーエンの魔術から守るためよ。シアが竜の姿になってブレスを吐かなければ、生徒たちは全員死んでたでしょうね。上位貴族の子どもたちを大勢死なせていたら、監督者たる教師《わたしたち》たちもただでは済まなかった」

「……ッ」

「私たちはシアに感謝こそすれ、責める筋合いなんてないわ」

それまで叫んでいた教師たちが黙り込む。

次いで、こんな声が上がる。

「わ、わわ、わたしもっ、シアちゃんが悪いものだなんて思えません！」

「……そうですね。少しの付き合いですが、シアが素直なだけの子というのはよくわかっています」

シアと友人関係を持っていたアガサとソフィだ。

アガサは声を震わせながら、ソフィは淡々と、シアを擁護する発言をする。

「アガサたちの言う通りだ！」

「お、俺もシアの味方をするぞ」

アガサたちに触発《しょくはつ》されるように他の生徒たちも叫ぶ。

それは俺の教え子たちで、これまでシアと触れ合ってきた人間だった。

「ば、馬鹿なことを言うな！　そいつは魔族なんだぞ！」

「だったらなんですか！　シアが庇ってくれなきゃ俺たちも死んでいました！」

「百年前、魔族によってどれだけ被害が出たか知らないのか!?」

「魔族だろうとシアは友達です！」

グレゴリーに正面から言い返す生徒たちの姿を見て、またシアの目から涙が零れる。

「みんな、どうして……シア、みんなに酷いことしたのに……怖い思いもさせたのに」

「あ、あはは。確かにすっごく怖かったけど――」

「最初の黒い風以外、私たちは怪我もしてませんしね。暴れようとする衝動と必死に戦ってくれたこと、感謝してますすよ」

アガサとソフィの温かい言葉に、シアがしゃくり上げる。

そんなシアの様子に穏やかな雰囲気が流れる。

「しょ、正気か貴様ら……」

グレゴリーが信じられない、というように呟く。

状況は大きく変わった。

エンジュだけでなく生徒たちまで味方についた。生徒たち自身にはなんの権力もないが、このレガリア魔導学院は由緒正しい名門校だ。そこに通う彼らの中には家格の高い貴族の出の者も多い。

彼らの家まで巻き込めば、こちらの勢力は大きく膨れ上がる。

裁決を下すように、イリスが口を開いた。

「今回のことは、魔導士協会にありのままを報告する。ウィズ君やシア君の処遇はそこで決まることになるだろう。ハルバード教諭――貴方に彼らをどうこうする権利はない」

「ぐっ……」

イリスの筋の通った言い分に、グレゴリーを始めとする、さっきまでシアを責めていた連中が言葉を詰まらせる。

「ふ、ふん、いいだろう！　どうせその平民が処分を免《まぬが》れるはずはない！　残り少ない猶予《ゆうよ》を、せいぜい噛み締めて過ごせばいい！」

そんな捨て台詞を最後にグレゴリーたちは去ろうとする。

「待って！」

「……なんだ、化け物」

グレゴリーたちを呼び止めたのはシアだ。

シアはグレゴリーたちに数歩近づくと、まっすぐ頭を下げた。

「痛い思いをさせて、ごめんなさい……自分を止められなくて、ごめんなさい」

「――ッ」

グレゴリーはシアの謝罪に面食らったような顔をする。

「そ、そんな見え透いた演技で儂を騙《だま》せると思うなよ」

「……うん、そう思われても仕方ないよね。でも、どうしても謝りたくて」

「……くそ、化け物ごときが」

グレゴリーは舌打ちをすると、それ以上何も言わずに去っていった。

どうしても謝りたくて、か。シアらしいな。

「みんなにも、ごめんなさい。酷《ひど》いことして」

味方してくれた生徒たちにシアが深く頭を下げる。

「気にするなよ」

「そうそう、悪いのはリリアス先生だろ」

そんな声が上がる中、二人の生徒が進み出る。

まずはソフィがいつも通りの無表情のまま言った。

「お疲れ様でした、シア。そして私は安心しました。我が主《マイロード》の使い魔というからには特別でなくてはなりませんからね。うんうん」

こいつはブレないな。シアが魔族とか別にどうでもよさそうだ。

一方その隣のアガサはこう告げた。

「わたしは正直……シアちゃんのことがちょっと怖いと思った。でも、だから、知りたいな。シアちゃんのことをもっと教えてほしい。そうやって、ちゃんと友達になりたい」

「――――っ」

微笑んだアガサに、シアが感極まったように飛びついた。

ぎゅううう、と子どものようにアガサに抱き着く。

「なる……シア、アガサとも、ソフィとも、みんなとも、友達になりたい」

「うん。わたしも……げほっ、ちょっと待ってシアちゃん力強っ――ゲフッ」

「おお、さすがは竜ですね。締め付けだけでアガサが泡を吹いていています」

「言ってる場合かソフィ!?　おい、シアをアガサから引っぺがせ！　アガサが死ぬ！」

生徒たちがシアを中心にぎゃあぎゃあと騒ぎ始める。

なんだかんだここはいつも通りだな。このままの関係でいさせてやりたいものだ。

……さて。

「では、悪いが少し俺は抜けるぞイリス」

「え？　いやいやウィズ君、これから魔導会議に向けて対策の話し合いを——」

「すまんな。用が終わったらすぐに戻る」

イリスにそう断ってから俺はその場を後にする。

去り際、すれ違ったエンジュにこう尋ねられた。

「どこに行くつもり？」

「元凶《げんきょう》に落とし前をつけさせる。可愛い使い魔を泣かせたことを償《つぐな》わせなくてはな」

俺が言うと、エンジュは静かに告げた。

「殺気、すごいわよ」

「……」

「本当に用件はシアのことだけかしら？」

……勘のいいやつだな。

俺は質問には答えず、【疑似転移】を発動させた。

◇　◇　◇

「こんなところにいたか、コーエン」

「オーリア先生……⁉　馬鹿な、なぜあなたがここに⁉」

突如目の前に現れた俺に、コーエンが愕然と目を見開いた。

コーエンはすでに街の外に脱出していたが、【疑似転移】は一度会った人間のもとまで簡単に飛ぶことができる。

「ぐあっ⁉」

「【聖鎖《ホーリーチェーン》】」

聖属性の拘束魔術で動きを封じる。

「こ、こんなものッ――な、なぜ解けないのですか⁉」

コーエンは魔族化して鎖を引きちぎろうとするが、失敗に終わる。

「魔族の力ではその鎖は簡単には切れないぞ。核石の封印と同じ、聖属性に分類される魔術だからな」

鎖の強度の問題ではなく、属性の相性の問題だ。

邪悪な闇属性の魔術を得意とする魔族――いや、魔人族か。やつらは聖属性の魔素に弱い。【氷牢獄《アイシクルプリズン》】とはわけが違う。コーエンの正体が魔人族なら、この鎖に触れているだけで力が削られていくはずだ。

「私を捕らえてどうするつもりですか？」

「用件は二つある。すぐに教えてやるから待っていろ。……この魔術には少し時間がかかる」

俺は両手で同時に魔素合成を行う。

火＋雷で破壊属性、破壊＋破壊で呪詛《じゅそ》属性、破壊＋呪詛で闇属性。

破壊＋呪詛＋闇。

死属性。

水＋樹で治癒属性、治癒＋水で浄化属性、治癒＋浄化で聖属性。

治癒＋浄化＋聖。

生属性。

前者の魔素合成を右手で、後者の魔素合成を左手で行う。

少しでも操作を誤れば周囲が消し飛ぶほどの膨大な魔素が俺の手元で暴れ、大気が悲鳴を上げるように揺らぐ。

「左右同時に魔素合成……!?　馬鹿な、そんなことができる魔導士など聞いたこともありません！」

コーエンが混乱したように叫ぶ。

そうだろうな。このやり方はユグドラ師匠にすらできなかった。

まして今から使う魔術は師匠にすら見せたことはない。

俺は両手を重ねて最後の魔素合成を行った。

死＋生で混沌属性。

魔術構築。


「【暴食髑髏《グラトニースカル》】」


巨大な頭蓋骨が空中に出現した。

瞳は暗い穴のように虚《うつ》ろで、がたがたと歯を打ち鳴らす音は嗤《わら》っているようだ。

「ああ、ああ、ああああ」

頭蓋骨と目を合わせたコーエンが恐怖に目を見開く。

その反応は正しい。【暴食髑髏《グラトニースカル》】に限らず、混沌属性の魔術はどれも冒涜的《ぼうとくてき》でおぞましいものばかりだ。見た者の正気を削り、理性を失わせる。

「用件の一つ目。よくも俺の使い魔をもてあそんでくれたな」

がちん。

頭蓋骨が歯を噛み鳴らす。

直後。

コーエンの左腕が消失した。

「ぎゃああああああああああああああああああああああ！」

それまで柔らかい物腰を保っていたコーエンが獣のように叫んだ。

「なん、なんですか、これは、痛い、痛い痛い痛い！」

「魂を直接食われる気分はどうだ？　【暴食髑髏《グラトニースカル》】は相手の魂を直接削る。絶対に防げないし、食われた部分は二度と再生しない」

「た、魂を、食われる？　そんなことが」

視線を上げたコーエンの斜め上方で、頭蓋骨が上あごと下あごをゆっくりとこすり合わせる。

食った魂を咀嚼《そしゃく》しているのだ。

「あ、ひ、ひいっ……」

ぞっとしたようにコーエンが青ざめた。

「用件は二つある、と言ったのを覚えているか？　一つはシアの借りを返すこと。そしてもう一つは――お前が持っていた黒い結晶だ」

「ど、どういう意味ですか？」

「コーエン。お前、オーリアという町を知っているな？」

「っ」

コーエンが動きを止める。

ああ、やはりそうか。

そういうことだったのか。

「……妙だとは思っていた。魔獣というのは魔素の集まる場所に現れるものだ。俺の故郷のそばはそういった場所じゃなかった。だが俺の町は魔獣によって滅ぼされた。呪いを撒き散らす、黒い皮膚に覆われた怪物によって」

街で暴れた狼型使い魔。クリード諸島の蛇型魔獣。さっきのシアの姿。

俺の故郷を滅ぼした怪物はそれらとよく似ていた。

結論は一つしかない。

「お前があの黒い結晶を魔獣に飲ませ、俺の故郷にけしかけた。そうだろう！」

「そ、それは」

コーエンは答えない。

馬鹿が。俺がなぜ【暴食髑髏《グラトニースカル》】を出したのかわからないのか。

「左耳」

がちん。

「うぎぃ!?」

「左目、右手親指、左足」

「ぎゃっ!? ああ、ああぎえあがぅ!」

次々とコーエンの体からパーツが失われ、人間のものとは思えない絶叫が響き渡る。

【暴食髑髏《グラトニースカル》】は魂を削ってその箇所を〝最初からなかった〟ことにする。

ゆえに血も出ないし、死ぬこともない。ただ死ぬよりおぞましい激痛が続くだけだ。

「答えろ、コーエン! お前が俺の故郷を滅ぼしたのか!?」

俺の詰問《きつもん》に対し、コーエンはかすれた声で告げた。

「わた、しは……ただの、駒の一つに、過ぎません」

「何?」

「私を、殺しても、意味などないのです。あは、あはははは」

ジュウッ! という音がしてコーエンの体が焼けただれていく。

魔人族特有の呪いの力が体内に向いたのだ。自害するつもりか!?

「待て！」

「一つだけ……教えて、あげましょう。あの方はすでに魔導士協会に根を張っています……くれぐれも気をつけて……それでは、さようなら、オーリア先生」

ぐしゃり。

くそ、止め損ねた！

コーエンのいた場所にはやつの服だけが残っている。

最後の最後にとんでもないことを言ってきたな……〝あの方〟が魔導士協会に根を張っているってどういう意味だ？　まさか、魔人族が教会に潜り込んでいるとでもいうのか。

「【解呪《ディカース》】」

黒い煙に巻かれたコーエンの服を解呪し、それを漁る。

そこには例の黒い結晶が詰まった袋があった。当然回収する。後で協会にでも提出することにしよう。

そこで俺は違和感に気づく。

「……核石がない？」

魔人族は死んだ後核石が残るはずだ。なのにそこには何もなかった。

【暴食髑髏《グラトニースカル》】は相手の魂を削るが、核石までは消せない。
ということは。
「…………あいつ、魔人族じゃなかったのか……？」
妙だな。コーエンからは確かにジルダに似た気配がしたんだが。
じゃああいつはなんだったんだ？
わからない。
……これ以上ここでできることはないな。
学院に戻るか。

エピローグ

魔導会議。

本来なら領地を持つ貴族以外は参加できないその議論の場に、俺は初めて参加した。

議題は当然、数日前にレガリア魔導学院で起こったシアの暴走事件だ。

「何度も言わせるな！　ウィズ・オーリアにすべての責任がある！」

「そうだ、使い魔の暴走など監督不行き届き以外に言いようはない！」

「即刻幽閉塔に閉じ込めろ！　いや、いっそ処刑するべきだ！」

貴族たちがここぞとばかりに俺に重い処罰を負わせようと喚く。

それに対して他の貴族が反論する。

「馬鹿なことを言うな！　彼は国の未来を担う、上位貴族の子どもたちを守った英雄だぞ!?」

「彼がいなければどうなっていたことか！」

「だいいち諸悪の根源はコーエン・ヴィアア・リリアスではないか！　あの者の責任をまずは問うべきだ！」

彼らは俺が守ったレガリア魔導学院の生徒の親たちだ。

あの日修練場にいた生徒たちは、魔導会議で俺を擁護《ようご》するよう、親に頼んでくれたらしい。

彼らが庇ってくれているおかげで、会議はなんとか拮抗《きっこう》していた。

「くどいぞユグドラ！　今回ばかりは見逃せん！　ウィズ・オーリアは処罰すべきである！」

「だーかーらー、話聞いとったんかお主！　さては年取って聴力落ちとるな⁉　ウィズの無罪を認めんかこのじじいめ！」

「年取っただのじじいだの、貴様にだけは言われたくないわ！」

大魔導士の席では、師匠が処罰派の大魔導士を牽制してくれている。

師匠がいなければ、この均衡はなかっただろう。

本当にありがたい。

だが、今の俺の視線はそんな師匠たちのさらに上に向いている。

そこには銀髪の男性がいた。当代の〈賢者〉だ。

初めて見る最強の魔導士に、俺は視線を奪われていた。すり鉢状の会議場の中で、俺はもっとも低い位置に、〈賢者〉は最上部にいる。

遠い。

どうやっても手が届かないほどに。

だが、いつか絶対に俺はあの場所に立つ。

この魔導会議でどんな結論が出ようと、最後の瞬間まで俺はあそこを目指し続ける。

「結論を出そうか」

〈賢者〉が悠然と声を発した。

その瞬間、会議場は自然と静まり返る。

「ウィズ・オーリア」

「はい」

「使い魔が暴走したのは君の責任だ。コーエンが何をしようと、君はそれから使い魔を守らなくてはならなかった。それができなかったのは君の実力不足だ」

……その通りだ。

言い返せない俺に、俺を排斥したい貴族たちがニヤニヤと笑みを浮かべる。

「けれど、その一方で君が学院の人間を救ったのも事実だ。また、君はコーエンを追いかけ仕留め、いくつもの重要な情報を持ち帰った。その功績も無視はできない」

コーエンを尋問した時の内容はすでに魔導士協会に提出してある。

そのことがプラス要素として判断されているようだ。

「ゆえに僕の出した結論はこうだ。ウィズ・オーリア。君は条件付きで無罪としよう」

「条件、ですか」

その言葉に会議場がどよめいた。

俺にはまだ生き残る道があるのか。

「そうだ。その条件は――」

〈賢者〉の言葉に、俺は目を見開いた。

◇◇◇

「ウィズ！　大丈夫だった⁉」

学院の自室に戻った瞬間にシアが階級章から出てきた。

忘れてたが、こいつ勝手に出てこられるんだったな……

「おい、勝手に出てくるなと言いつけてあるだろう。お前は謹慎扱いなんだぞ」

「う……だってウィズが心配だったんだもん」

しゅんとするシアに、俺はため息を吐いた。

「……今後気をつけろ。それで、魔導会議の結果だったか？」

「うん。どうだった？」

「問題ないとも言えるし、そうでないとも言えるな」

「え、やだ、ウィズ処刑されちゃうの」

みるみるシアの目に涙が溜まるので、慌てて言葉を続ける。

「な、泣くな！　条件さえ達成できれば罪には問われないことになった」

「そうなの？　条件って？」

「そうだな……まずはこれを見てもらったほうが早いか」

俺がローブのポケットから取り出したのは一枚の保存画だ。さっきの魔導会議で参加した人間全員に配られたものである。

「取り出しておいてなんだが、見るなら覚悟して見ろ」

「う、うん」

シアは俺が差し出した保存画を覗き込み――目を見開いた。

そこに映っていたのは凄惨《せいさん》な事件の現場だ。

薄暗い室内に、数人の魔導士の死体が無造作に転がされている。

怪物の爪に切り裂かれたような傷痕からは血が大量に流れ、床にどす黒い染みを作っている。

シアは声を震わせた。

「なに、これ」

「最近あった魔導士の誘拐《ゆうかい》事件の顛末《てんまつ》だそうだ。殺されているのは魔導結界に詳しい人物たちで……階級は全員が二級以上だったらしい」

さらにシアはあることに気づく。

「壁に何か書いてある……？」

「ああ。そこにはこう書かれている。『親愛なるニンゲンたちへ。きたる魔導演武の当日、さらなる供物《くもつ》が魔王様に捧《ささ》げられることとなるだろう。魔族ラビリス』」

「！」

血文字で書かれたこの文章は、犯行予告だ。わざわざ腕の立つ魔導士をさらってまで行ったこの声明が、単なるハッタリだとは考えにくい。

また、魔族ラビリスというのはジルダ同様、百年前に攻めてきた魔人族の一体の名前だ。

魔族は核石として封印されているはずだが、〈賢者〉の発表によれば、ラビリスの封印は何者かによってつい最近破られていたらしい。状況からしてこの犯行予告は事実だろう。

「ウィズ。この〝魔導演武〟っていうのは？」

「国中の魔導士たちが競い合う大会だ。毎年多くの観光客がやってきてお祭り騒ぎになる」

「そんな中で魔人族がやってきたら……」

「大量の犠牲が出るだろう。そして、俺に下された条件というのがまさにそれだ」

話が本題に戻ってくる。

ごくりとつばを飲み込むシアに、俺は言った。

「魔導演武が催される間、防衛部隊に加わり、そして魔族ラビリスを討伐すること。それが俺に課せられた条件だ」

俺——ユート・ドライグは途方に暮れていた。上級冒険者ギルド『黒の雷霆』で雑用係をしていたのに、任務失敗の責任をなすりつけられ、まさかの解雇。しかも雑魚魔獣イワトカゲの卵が手切れ金代わりだって言うんだからやってられない……
そんなやさぐれモードな俺をよそに卵は無事に孵化。赤くて翼があって火を吐く健康なイワトカゲが誕生——
いや、これトカゲじゃないぞ!? ドラゴンだ!
「ロック」と名付けたそのドラゴンは、人懐っこくて怪力で食いしん坊! 最強で最高な相棒と一緒に、俺は夢見ていた冒険者人生を走り出す——!

◆定価:1320円(10%税込) ◆ISBN:978-4-434-31646-3 ◆Illustration:有村

この作品に対する皆様のご意見・ご感想をお待ちしております。

おハガキ・お手紙は以下の宛先にお送りください。

【宛先】

〒150-6008 東京都渋谷区恵比寿 4-20-3 恵比寿ｶﾞｰﾃﾞﾝﾌﾟﾚｲｽﾀﾜｰ 8F
（株）アルファポリス　書籍感想係

メールフォームでのご意見・ご感想は右のＱＲコードから、
あるいは以下のワードで検索をかけてください。

アルファポリス　書籍の感想　検索

ご感想はこちらから

本書はWebサイト「アルファポリス」（https://www.alphapolis.co.jp/）に投稿されたものを、改題・改稿のうえ、書籍化したものです。

厨二《ちゅうに》魔導士《まどうし》の無双《むそう》が止《と》まらないようです 2

ヒツキノドカ

2023年 2月 28日初版発行

編集－藤長ゆきの・和多萌子・宮坂剛
編集長－太田鉄平
発行者－梶本雄介
発行所－株式会社アルファポリス
〒150-6008 東京都渋谷区恵比寿4-20-3 恵比寿ｶﾞｰﾃﾞﾝﾌﾟﾚｲｽﾀﾜｰ8F
TEL 03-6277-1601（営業） 03-6277-1602（編集）
URL https://www.alphapolis.co.jp/
発売元－株式会社星雲社（共同出版社・流通責任出版社）
〒112-0005 東京都文京区水道1-3-30
TEL 03-3868-3275
装丁・本文イラスト－カラスBTK
装丁デザイン－AFTERGLOW
印刷－図書印刷株式会社

価格はカバーに表示されてあります。

落丁乱丁の場合はアルファポリスまでご連絡ください。

送料は小社負担でお取り替えします。


ISBN978-4-434-31653-1 C0093